レジェンドノベルス
LEGEND NOVELS

ボーズ・ミーツ・ガール 2

住職は異世界で破戒する

contents

レジェンドノベルス
LEGEND NOVELS

ボーズ・ミーツ・ガール 2

住職は異世界で破戒する

1. 旅路

人の生存圏として世に在るは、アプサラス、アーダル、ラーガムの三国。

各国家の首都は、アプサラスへの距離を長辺とする直角二等辺三角形の形に位置し、その中央に鎮座するのが大樹界である。人類を脅かす大自然の象徴として広く、また深く聳える森は、界獣の寝床としても知られている。

樹界内の霊素は外界とは異なる特殊な働きを備え、それが長き年月に渡って獣たちを変異させてきたのだとは学者たちの唱えるところである。が、どう異なりどう特殊であるのかとの問いへ、詳細に答えうる者はない。

教会はこの地をはじまりの竜の墓所と呼ぶ。人に弑されたかの竜の憎悪が森を成し、界獣を育み魔獣を生むのだと彼らは謳う。いつか竜の憎しみが溶け、瞋恚が静まるその日まで、人類は許しを請うて祈る他ないのだ、と。

知恵による究明よりもこうした崇拝こそがいっそ相応しいほどに、大樹界とは神秘と拒絶に満ちた地であった。

けれど人は、この森と無関係には生きられない。

界獣は害を為しもするが、およそ食肉に適する。小型の何種かは、既に家畜として手なずけられてもいた。奥地に生える植物はいずれも貴重な霊薬の素材であり、周辺に繁茂する草木もまた、家屋となり、武器となり、用具となり、燃料となり、食料となった。大樹界近郊ではいずれの生物も成長著しく、脅威と共に恵みもまた大きい。

ゆえに、人は森に沿って住処を築いた。

先に挙げた三国の首都も、かつては全てが大樹界に面した城塞都市だった。外に壁を築き、内に武を蓄え、大樹界よりの脅威を打ち払って形成された都市国家である。確立された安全圏に人は群れ集い、市内で新たな産声が上がり――だがこうした安定と繁栄の兆しは、同時に都市機能の限界を予感させた。

内部を手厚く守護するが、自らの枠を越える成長を阻みもするという点で、堅固な城壁は厚い卵殻に似る。いずれ壁の内の生活空間が飽和し、人口が外へ溢れ出すのは明白だった。

壁外に押し出された人間は、しかし決して都市周辺からは立ち去るまい。獣たちに脅かされながら長旅を行える者は少なく、そもそも他に頼る先もないのだから。となれば壁に沿ってバラックを掛け、都市のおこぼれに縋りつくような暮らしを始めるのは目に見えている。

城壁を拡大する余力もない都市にとって、これはよろしくない未来だった。

押し出された人間がどうにか生きてくれるならば、本来そこに注文はない。だが日々界獣を恐れる土地で、ただ狩られ、捕食されるのは問題だった。言いは悪いが、それは獣寄せの撒き餌でしかない。

一旦界獣どもに餌場として認識されてしまえば、都市自体が毎日のような襲撃を受ける羽目になりかねぬのだ。

人口が飽和してからでは遅いと判断した上層部は、早速に活動を開始した。

都市内には、二等市民として扱われていた後から来た者たちがいる。彼らと都市建国時よりの住民を、市民権という定義で明確に区別し、差別した。より重い税を課し、より酷薄に仕事を割り当てたのだ。

そうして不満が募り出す頃合いを見計らい、第二都市の建設計画を発表した。計画の参加者には、もちろんまだできあがってもいない街の市民権が確約されたのである。

言うまでもなく、これは棄民だ。実際第一次建設計画に際し、対獣戦力や職人といった貴重な人材はほとんど同行していない。

だが時期こそ異なれど、三国全てでほぼ同様の流れが起き、人が溢れかけるそのたびに同じ仕業が繰り返された。

当然ながら、ターゲットとされた二等市民らも馬鹿ではない。同じ手口が繰り返されれば、甘い言葉にも耳を貸さなくなる。しかし第二次建設計画以降、不思議にも市民権を持つ層からの志願者たちが現れた。

彼らはいずれも理念と理想に燃えていた。

仕方ないと諦め顔で今に屈するをよしとせず、抗ってよりよい未来を勝ち取らんとする者たちだった。闇夜を行く灯火のように、か細くも払暁の先駆けたることを望んだ者たちだった。

中には英雄願望に酔い、承認欲求に突き動かされた甘い夢想者もいただろう。気高い心を抱きつつ、それでも夢破れて野ざらしと成り果てた者もあったろう。

けれど彼らはやり遂げた。針穴ほどの可能性を潜り抜け、新たな都市を築き上げて閉塞を打破してのけた。人類の生存圏を広げ、新たな地平を切り拓いていった。これもまた、三国の全てで起きたことである。

斯様な尽力の積み重ねにより、大樹界はわずかばかりその領土を減じた。長の年月を経て人類は国家間を繋ぐ陸路を得、道を確保するに至った。

無論、大樹界の脅威が薄れたわけではなく、旅路の無事は保障されたものではない。道行く隊商が魔獣に鏖殺されることも、村ひとつが丸ごと飢えた大型界獣の胃の腑に収まることも、未だままある悲劇である。人と獣の天秤は拮抗を保ち、腹中に斯くの如く脅威を抱える人類は陸の果て、海の果てに何があるかをまだ知らない。世界は未知に満ちている。

それでも腕船、空船の手配を要する海路空路と異なり、我が足のみで歩める陸路の開通は非常に大きな事績であった。

その街道を、獣車が行く。

車体の数は四。うち三台は荷を満載し、まず間違いなく商団と思われた。車を引くのは太い四つ脚に長い首、羽子板のような背びれを生やした小型——といっても、体高は大人の肩ほどもある——の地龍である。本来は首と同じく長い尾を持つ種だが、いずれの尾も中途で短く切り取られていた。八方に鋭い刺を備えたその先端で、鞭をくれた御者を殴り返す事例が多発したがゆえの処置だろう。車の護衛として十数名が散開するが、その全てが騎獣に跨っていた。いざ事あらば、かなりの機動力を発揮する構成である。

旅慣れた、地力のある一団と見えたが、にしては奇妙な面があった。

足取りがどうにも緩やかなのだ。弛緩している、と言ってすらよい。

アプサラスからラーガムへ至る街道のこの一帯は、親知らず子知らずとして知られる土地だ。北側の険峻に押し込められる格好で、道筋が樹界へと著しく寄っているのだ。このため往来を界獣が悟りやすく、多くの旅人が犠牲となっている。親子といえども我が身以外を顧みる余裕なく、ただ早足に駆け抜けるしかない難所であった。

そこを、隊商はゆうゆうと進む。

街道のすぐ脇にまで、木々は高く、まるで壁のように聳え立つ。崖めいた山肌とに挟まれ、道筋はまるで谷底を行くが如くであった。この狭隘で散って逃れがたい地形も、難所と呼ばれる所以のひとつである。

一団がその細道に差し掛かった時、静かだった森がついに人を咎めた。

後方より、衛士の笛が鳴り渡る。まず長く一度。間を置いて、続けざまに三度。小型が三体との報せだった。

「壺抱えだ！」

「先頭に寄せるな！　軽いのから狙われるぞ！」

たちまち怒号めいた声が飛び交う。

壺抱えとは、蜂に似た体躯の界獣である。背なの六対の羽により高速で飛行し、人を攫う。この獣の下腹部は名に負う通り壺状であり、やはり六対の強靭な脚を用いて、毒液に満ちたそこへ生きたまま人体を漬け込むのだ。憐れな被害者は麻痺毒により身動きもままならず、じっくりと時をかけて齧られていくこととなる。

小型といえども人の背丈をゆうに上回るその体殻は、なまじの刃も霊術も受けつけぬ代物だ。しかしその習性上、最悪でも襲撃の個体数と同じだけ犠牲を出せば逃走が叶うことから、脅威度が比較的低い界獣とされてはいた。

だが餌食として囚われた人間は、毒液の作用により無慈悲にも生かされ続ける。ために壺中より助けを求める犠牲者の声が漏れ聞こえた、生首となった壺の中身が目玉をぎょろりと動かしてこちらを見たといった体験談が後を絶たず、強く嫌悪される獣であった。

散開していた騎兵が、先頭の獣車を守るべく集結していく。荷を載せぬ車内には、商団で生まれ育った子供たちが乗り込んでいた。体重の軽い子供は、壺抱えの好餌である。御者たちも地龍に歩みを任せ、得物を抜き出し身構えた。

だが事ここに至っても、彼らの面にはまだ幾許かの余裕がある。

「先生！」

先頭車両の御者――隊商の統率者であるサダクが、幌の内へ、その余裕の源へと呼びかけた。

「ラカン先生、お願いします！」

「うむ」

応えてぬっと顔を出したのは、巨きな男だった。

長身ではある。だが彼を背丈で上回る者は決して少なくはない。それでも彼の第一印象は、ただ「巨きい」の一言に尽きた。その身の内に、細く見えて針金の束を叩き込んだような筋肉を備える五体の内に、より大きな何かを湛えている。そう直感させる圧があった。研ぎ澄まされた刀身のような、秘めたる武の圧力である。

巨岩の如き存在感に呑まれたのち、人はようやく彼の風体の奇態さに気づくだろう。

ラカンと呼ばれた男は禿頭であった。キトンに似た貫頭衣を纏うそのさまは、この世界にはありえぬ僧形に他ならない。

湖水のように静かな瞳が空を仰ぎ、界獣たちの姿を見定めた。続けて眉をわずかにひそめたのは、その容姿から、元の世界で交戦し続けた蟲人を想起したためである。

「三体です」

「うむ」

サダクの声を受け、ラカンはなんでもないことのように頷いた。気負いも意気込みも感じられない淡白な返答であるが、この首肯が絶対であることを、サダクはこれまでの旅路で学習している。

数日前、悪夢のような大型界獣と遭遇した折もこうだった。

彼は「うむ」のただ一言で幌を出て、文字通りに界獣を一蹴して車内へ戻った。しばらく開いた口の塞がらぬ光景であったが、以来サダクを筆頭にこの商団の面々は、ラカンに全幅の信頼を置いている。些かに緊張を欠く長閑な道行きは、彼に守られている感覚が生んだ緩みであった。

「あれは、上空から毒液を散布します。お気をつけて」

余計な口添えであろうと思いつつ告げると、僧兵は「うむ」と応え、それから振り返ってわずかに笑む。

「感謝する」

言いざまに、まだ走り続ける獣車から飛び降りた。が、その両足は土を踏まない。直後見えざる何かが彼の体から放出され、不可思議なその作用を受けて、ラカンの体は蒼天へと駆けのぼる。排気を受けた街道がぼこりと窪み、土埃が舞い上がった。霊術式では為しえぬ機動性に、あれが我法というものであろうかとサダクは思う。

「サダク様」

思わず背筋を伸ばして礼を受けたサダクに、背なの側から別の声がかかった。低く静かなラカンのものとは異なる、耳に柔らかな若い娘の声音だ。

「わたくしにも、何かできることはありますかしら」

新たに顔を覗かせ、栗毛の毛先を白い首筋に揺らして意気込む少女の名を、フェイト・アンデールという。アンデールは王家にツルモン・ドゥーヤを納める織物師の家であり、娘はその長女だと聞き及んでいる。下の弟に身代を託し、若隠居して販路拡大の旅に乗り出すのだという触れ込みだった。アプサラスのラカンは、選び抜いた旅の供であるらしい。

護衛付きとはいえ陸路に乗り出すだけあって、彼女は箱入り娘めいた印象にそぐわず優れた霊術式の使い手だった。その万能さは旅の随所に現れており、既にして世話にならぬ者はない。更には天性の朗らかさを備え、今や子供たちが懐くのみならず、隊商のほとんどが彼女へ好意の眼差しを向けていた。閉鎖的な商団にあって稀有な現象といえた。

「このままオ……ラカン様に頼りきりでは、わたくしだけ御恩をお返しできないことになりますわ。なんなりとお申しつけくださいませ」

彼女の言う恩義とは、ラカンとフェイト、両名の同道に関してだ。陸路でラーガム領内へ向かいたいというふたりを、唯一受け入れたのがサダク一行なのである。

大樹界周辺都市を巡る商団は、とかく余所者の帯同を忌避する。

何故なら陸路に関する知識こそが、彼らの財宝であるからだ。

地図にない抜け道に隠された水源。魔獣界獣に気取られにくい野営方式に、獣どもと遭遇してしまった際の心得と個々の対処法。いずれも都市内部では得られぬ知識であり、情報である。

多くの隊商が剣呑な道程に子供たちを同行させ続けるのも、こうした無形の財産を継がせるべくであり、当然彼らは秘伝が外に漏れるを好まない。ゆえにごくごく稀に部外者を受け入れる場合も、守秘の霊術契約を交わした馴染みの衛士までと限られていた。

また、訪れる先との信頼関係もある。

城塞都市群は誕生の性質上、来訪者に対する視線が厳しい。スムーズな商談のためには、幾度も交易を重ね、縁を繋ぎ顔を繋いで関係を深めていく必要があった。しかし各地の風俗を肌で知らぬ人間は、うかうかと土地の者の逆鱗に触れかねない。そのような振る舞いがあれば時をかけて培ってきた絆は一瞬に破壊され、その責は斯様な人物を一員として連れ込んだ商団自体へも及ぶのだ。

　こうした事情から、ほぼ全ての商団がふたりを拒んだ。彼女らの身元を保証するのが王家であるという点も、信頼より不審を強めた。魔皇を捕らえ旭日昇天の勢いを得たアプサラスが、何事かの企みを為すべく投じる一石ではないかと疑ったのだ。

　サダクも元々はこの向きであった。

　だがまもなくアプサラスを発とうというある日、彼はラカンの姿を見た。その巨きさに気圧されたのち、彼は直感した。

　──ああ、こりゃ商売のできない人間だな。

　小回りが利かず、小器用な嘘のつけない顔をしている。つまりは大きなことしかできない類だ。鳥と魚の如く、自分とは住む世界が違っている。恩を売るならこういう相手に限ると思った。

　自らの勘に従い、サダクは霊術契約を交わしてふたりを対獣衛士として雇用した。身内は当初、大層に渋ったが、結果はご覧の通りである。

　サダクは大いに面目を施し、先見を賞されて発言力を高めた。口うるさい古参も彼へは言を慎むようになり、商団内の意志決定は以来非常に円滑だ。恩ならば、その時点で釣りが出るほどに返されている。

「フェイトさんは不測に備えて待機でお願いします。それと、恩などとお気になさらず。持ちつ持たれつが今の我々です」

　守り守られの関係ではあるが、隊商と衛士は運命共同体。いわば一蓮托生の間柄である。よってその言葉は適当な慰撫ではなかったのだが、娘をなだめるには些か及ばぬようだった。

「オ……ラカン様ほどとは参りませんけれど、こう見えてわたくし、それなりにそれなりですのよ！」

彼女はブラウンの瞳を不満で満たし、聞き分けのない子供のように口を尖らせている。

この少女は、自身がラカンの添え物として扱われるのを甚く嫌うのだ。恐らくは若人特有の直向きな感情がゆえであろう。しばしば自身が守られる側であることを忘れ、彼に並び立って前線に赴くを希望する。それだけの実力はあるのだが、フェイトの能力は多彩にして高水準だ。際立って得意とする分野がないのではなく、万能といってよい平均値を誇る。彼女にないのは長所ではなく、短所だった。

旅と実戦の経験はほぼないと自己申告をしていたが、これに反して判断も早く、思い切りがよい。組んだ相手を立てる動きに適しているのだ。よって突出した破壊力を持つラカンが前に出るならば、防御と治癒を受け持って後背に控えてもらうべきというのが商人の判断だった。

「ですがフェイトさんは治癒霊術を執行できますでしょう？　我々のような弱い者は、貴方のような方が隣にいらしてくれると安心なのです。それにすぐ後ろで備えていてくだされば、万一があった場合でも、すぐにラカン先生の補助が叶いますしね」

まだ不服顔の少女に微笑んで、サダクは幌の内を目で示した。そこには先ほどまでフェイトと戯れていた幼子らの姿がある。不安げな彼らの面持ちを振り返った娘の横顔に逡巡が過ぎるのを、商人はしっかりと見て取った。

「つまり貴方は秘密兵器なんです。なので最初から御出座いただかずとも、といったわけで」

「秘密兵器！」

ぱん、と胸の前で手を合わせ、フェイトは喜色を浮かべ声を弾ませた。

「でしたら仕方ありませんわね。仰せに従いますわ、サダク様」

今までの不承をさっぱり投げ捨てて、娘はいそいそと幌に戻る。横目に窺えば、子供たちひとりひとりに声をかけ、不安を拭い去るようにそれぞれの頭を撫でていく様子だった。

一体自分の言いの何が決定的な翻意に繋がったのかと困惑しつつ、サダクは聞き分けてもらえたことにほっと胸を撫で下ろした。彼女がもしもの場合の切り札であるとの見解に嘘はない。機嫌を損ねたい相手ではなかった。

ただ、それにしても、商人は思わずにいられない。あれに比肩するというのは、大層極まる難事でなかろうか。

上空へ目をもたげたサダクは、呆れのような嘆息をして肩を竦めた。

その視線の先で、ラカンは界獣と対峙している。

霊術式ではありえない速度で接近した彼を前に、壺抱えたちは明らかに狼狽していた。

彼らが主に獲物として狙うのは、地上を歩行する人間大以下の生物だ。そしてこの界獣は、木々のわずかな隙間をも縫って飛ぶ、高い機動力を備えている。よって縄張りを争う同種の他に彼らの高度に敵はなく、襲撃は自然、上から下へ向けて圧倒的な優位で行うものに限られてきた。狩りの対象に中空で肉迫される経験は、ほぼ皆無であったのだ。

それでも本能的な反射で、壺抱えたちは羽の動きを一層に速めた。滞空から上昇への切り替えである。ラカンの更に上を取り、常通り毒液を散布する目論見（もくろみ）だった。

だが、それを拱手（きょうしゅ）して眺めるラカンではない。

彼が天へ向けたてのひらを伸ばすや、界獣たちを青く透明な球体が包（くる）む。僧兵たちが得手とする結界術だった。

本来は防御のために構築するものであるが、ちょうど今現在のように、対象を空間に固定すべく用いる場合もまたある。本来ならば外部よりの禍（わざわ）いを阻む壁を、内よりの能動一切を封じる檻（おり）とする仕業であった。

生殺与奪を完全に掌握するこの状態を、総合戦闘術仏道において右掌上（うしょうじょう）と呼ぶ。かつて釈尊がてのひらに十万八千里を乗せ、仙猿を遊ばせた故事に由来するものだ。ラカンの結界は未だ未熟にしてその境地には至らぬが、しかし界獣数体を封じるには充分な拘束力を発揮していた。

封殺された獣を見据え、ラカンが静かな息を吐く。練気と装氣。彼の右腕（うわん）がほの白く光を帯び
——刹那、それが閃（ひらめ）いた。

利剣（アミダ・リッパー）の名号。

前腕を鎧（よろ）う気により手刀を文字通り刃へと変え、一声にあらゆる罪業を滅ぼす阿弥陀（あみだ）仏の功徳の如く色（しき）を斬り裂く仏技である。鞘（さや）を払った利剣が如き一閃（いっせん）は円を描き、さも容易（たやす）い仕業のように、軌道上の三つの頭部を刎（は）ね飛ばした。

ほぼ同時に迦楼羅天秘法（ヴァーハナ・スラスター）の推力が消失し、ラカンは界獣の屍（しかばね）と共に落下を開始。着地の衝撃を柔

らかな足首と膝で殺すと、固唾を呑んで推移を見守っていた騎兵へ向けて、「うむ」と頷く。

一瞬の間を置いて、歓声が上がった。

無論それは命を永らえたことのみに対するものでない。直後、幌から解体具を携えた女たちが走り出た。彼女らが各々に携える独特の反りを持った鉈は、界獣を分解し、加工可能な部位をいち早く入手するための器具である。

魔獣とは異なり、界獣は死したのちに骸を残す。壺抱えのような食用に向かぬ存在であっても、残された羽や爪牙、甲殻といった箇所は、或いは霊術の媒体に、或いは高級な武具や日用品の素材として用いられるのだ。

一例を挙げるなら、それはラカンの履物である。尋常の靴は彼の体重と機動に耐えきれず、ほんの数日で履き潰されてしまう。しかし現在僧兵が着用するのは界獣の皮をなめし、霊術的な加工を施した品であり、強靭かつ柔軟に動きを支えていっかな破損することがない。

こうした上質の素材を求め、界獣を専門に狩る者も世にはある。人を餌食と見做す獣は、人に餌食と見做されもするのだった。

「ラカン様、ラカン様！」

呼ばわられて、作業にかかる女たちから目を逸らした。この種の解体術も商団の秘伝のうちと聞き及んでいる。まじまじと観察してよいものではない。ラカンは大股に、元々乗り合わせていた先頭の獣車へと向かう。

「おつかれさまでした」

「うむ」

フェイトの手招きに従い車内に戻り、労いの声に胸前での合掌を以て応えた。それから思い出したように、「楽勝だ」と付け加える。「あら」と娘が笑い、子供らはラカンのさまを真似、音を立てて合掌をした。

「うむ！」

「うむ！」

いくつもの幼い声が唱和する。聞いて、少女がもう一度笑んだ。未来の死を見据えて透き通る、覚悟の笑みではない。見せたのはごく普通の娘のように屈託のない、ものやわらかな微笑である。

そのことに満足をして、僧兵は巌のような口元をほんのわずかだけ綻ばせた。最早伏せるまでもないことだが、フェイトとラカンとは世を忍ぶ仮の姿である。

その真の名を明かすなら、娘はアプサラスのケイト・ウィリアムズ。男は――生まれを先に置くこちらの流儀に則れば、テラのオショウという。数ヵ月前に起きた皇禍に際し魔皇を捕縛し、人の側を勝利に導いた立て役者たちだった。

ふたりの名は、通信技術の立ち遅れたこの世界においても広く知れ渡っている。名乗れば騙りを疑われるのは必定で、偽りの身の上と姓名は、余計な軋轢を生じぬためのひと工夫だった。肖像画以上に顔形を伝えるものがないからこそできる粗い仕業だが、幸いにもそれなりに機能する様子である。

けれどそもそもからしてケイトは詐称の効能に関してはさして頓着しないようだった。それでいて頑なに演技を貫くのは、恐らく気の置けない同士で共有するこのちょっとした秘密に愉快を覚えるからであろう。

「小休止になるでしょうから、ゼンモンドーの続きをしましょう。ね？」

一足早く腰掛けたケイトは、自分の隣の空席をぽんぽんと叩く。

界獣の解体は、本来ならば手早く完了すべき事柄だ。欲をかけば闘争の音と血の匂いが、新たな獣を招きかねない。だがオショウを擁するこの一団にしてみれば事情は異なる。加工可能部位を丁寧に、そして徹底的に回収しても、安全は保障されているようなものなのだ。目先の金に固執するのは商人として二流だが、しかし拾って損のないものを捨てる人種が、そもそも生計として商いを続けはしまい。交戦後の解体は自然ある程度の時をかけたものとなり、ケイトの言う小休止とは、つまりこの作業のための行軍停止を指していた。

「うむ」と請われるままに着座をし、オショウはわずかに眉をひそめる。

ケイトが求める禅問答とは、元来答えのない問いだ。正答を当てることが本意ではなく、その事柄について深く思考を巡らすこと自体を主眼に置くものである。会話の拙いオショウが話の接ぎ穂として説いたこれを、彼女は愉快な謎かけと理解したようなのだ。自分の舌がよろしからぬのも一因だろうが、なんとも困った誤解である。

が、元よりオショウは異類中行――俗世に身を投じ周囲を導く御業を志すではない。己が器の矮小は、自身が最もよく把握している。ならば己にとっての禅問答が、ケイトと子供らを楽しませる遊びであってもよかろう。それ以上の働きを求める必要がどこにあろうか。

この旅路と同一である。

ケイトとオショウの道行きは、一応ながら王命を受けてのものだった。しかし本来の目的から逸れて、旅路はひどく愉快だった。オショウの主観では娯楽にほど近い。

駐留基地と艦内、そして宇宙の漆黒ばかりを見て育ったオショウにとって、この世界はほぼ全てが新奇だった。どの光景も驚きに溢れている。

無論、彼とて既に数ヵ月をウィリアムズ領で過ごした身だ。こちらの暮らしを少しは体感してもいる。だがそうして得た知識がために、衝撃はより鮮明になったとも言えた。或いは道程で、或いは訪れた先の村々で見知る様々は、わずかに土地を渡るだけでこれほど風俗が変わるのかと彼に目を瞠らせ続けている。

寸暇を惜しんだ魔皇征伐の折とは異なり、このたびはケイトの記憶転写も受けていないのも大きいだろう。彼は全てを直接、自らの目で見、耳で聞き、鼻で嗅ぎ、肌で感じた。

体感と実感はオショウに世界と接続する感触を与え、未知を既知とする過程は、好奇心と探究心を大いに満たした。そのように本分とは関わりない振る舞いを満喫する余裕が、今の彼にはあったのだ。

禅問答が菩提の手段ではなく、楽しみともなるように。

目的地へ向かう途上の景色が、心を潤しもするように。

ひとつのことが、ただひとつの用途に縛られるとは限らない。

同じ褥に眠ろうと異なる夢を見るのが人だ。その数と同じだけ正答があり、可能性がある。

であれば、いつか。戦うより他の能のない己にも、某かの道が見出せもしよう。思いながら、ケイトを見やる。

彼女だった。死に瀕した己を救ってくれたのも、この旅路へ誘ってくれたのも。

視線を察し、きょとんと首を傾げる娘に頭を振った。そのまま、この豊かな旅の始まりを思い出す。

その日も、オショウは苦戦の最中にあった。

連日彼に苦汁を嘗めさせ続ける敵手の名を、パケレパケレという。黒を基調とした体毛を持ち山間に育つ、大型の草食動物だった。

彼らの性状はオショウの知る羊と似る。肉と乳は加工されて食卓を賑わし、毛皮は織物に、紙にと利用されて捨てるところがない。また人間の容貌を記憶し表情を読むほどに知恵があり、群れを成す志向が強いため、上位者として認知されれば昼の野飼いと夜の収容を繰り返すも容易い牧畜であった。

けれど彼らの賢しさと認知が時として問題を生む。もしも侮られてしまうと、上下の評価はなかなかに覆せないのだ。

一度下に見た相手の命など、無論パケレパケレたちは聞かない。となれば群れの上位に当たる個体をどうにか動かし、全体を従わせる他ないのだが、成獣ともなればこの獣の体高は大人の頭をゆうに越える。力ずくで従わせるのは至難の業であった。

そして、この一種の詰みの状況に嵌まったのがオショウである。

ケイトとその弟がついて仕事を教えた数日はよかったが、以来僧兵は彼らに嘗められたままであった。どう指図しようと、パケレパケレが彼の要求を容れたことは一度もない。どころかおしくら饅頭のように、その巨体を摺り寄せてくる有り様である。これは温厚な彼らが唯一、群れのうちで争う折に見せる行動だった。押し合って押し倒し、分不相応な振る舞いをした個体を戒めようという懲罰行為である。

が、下手をすればトン近い力を加えられながら、オショウは根が生えたように動かない。それを見た他のパケレパケレが加勢に駆けつけるのだが、やはり僧兵は微動だにしない。最終的には入れ替わり立ち替わりに四方八方からもこもこと押し続けられ、立ち往生するのが日常だった。

『甘やかすばかりでは駄目ですわ、オショウ様。時にはがつんといかなくてはなりません。がつんと！』

などと、手伝いに来たケイトは笑う。言いながら彼女が一頭の尻を蹴ると、草食動物たちはオショウを捨て置き、大人しくその背に付き従うのだ。唸って見送るしかない仕業である。

或いは姉と一緒に、或いは交替で様子を見に来るケイレブは、僧兵の無能に殊更批判的だ。

『何だらだらやってんだ！　子供にもできる仕事だぞ！』

巨大な毛玉めいてオショウを取り囲むパケレパケレたちを、棒で追い払いつつ辛辣を告げる。至極もっともであるから、オショウとしては同意に唸るより他にない。

『やめなさい、ケイレブ。オショウ様がへこんでいらっしゃいますわよ』

『へこませとけ！　どんだけの武働きがあったか知らねーけど、現状ただの無駄飯ぐらいじゃねーか！』

『やめなさいと言っているでしょう！　お顔を御覧なさい。わかりにくいですけれど、オショウ様、本気でへこんでいらっしゃいますわよ！』

『いやわかんねーよ！』

姉弟の諍(いさか)いの種となった身としては仲裁に入りたいところだが、口の上手(うま)くない彼に機微を読めというのがまず難題だ。どうしたものかと沈思するうち舞い戻った草食動物にまた押され、途方に暮れるばかりである。パケレパケレの世話より魔皇を殴る方が簡単だとは、彼にとっては至言であった。

それでも、当初に比すれば現状は改善されたのだ。

やがてオショウにも、群れの最上位個体の見極めがつくようになった。一際に黒い毛並みを誇り、最も体軀に秀でた一頭がそれだ。パケレパケレたちには上位者について歩く性質があるから、これが放牧地へ赴けば、他は皆後に従う道理である。

よって彼は、この個体を肩担ぎして山を登ることにした。不満めいた鳴き声を上げつつではあるが、目論見通りパケレパケレたちは僧兵の背を追ってくる。うむ、と満足げにオショウは頷いた。すれ違う誰もがぎょっと目を見開いていたのは、ようやくに仕事を果たせるようになった己への驚きであると彼は信じて疑わない。

リーダー個体を下ろした途端に一層激しいおしくら饅頭を受けるのと、行き帰りの刻限になるとそのリーダーが逃げ回り、群れが彼を守る如くに壁を作り始めるのが目下の悩みだが、今後折に触れて威厳を示さば、きっと緩和されるところであろう。

そう考え、彼らと親しむべく草を食むところへ寄るのだけれど、いずれも逃げるように遠ざかるばかりである。

追っては逃げられの悪戦苦闘を繰り返し、他者と心を通わせるのはやはり困難だと達観したところへ現れたのがウィリアムズ姉弟だった。

「オショウ様、オショウ様。わたくし、陛下から新たな役目を仰せつかりましたの。またご助力願えませんですかしら」

「駄目だ！　駄目だって言ってるだろ！」

軽やかな足取りで駆け寄りつつ姉が言い、追いすがる弟がその腕を摑んで邪魔を企てる。

この数日、ケイトは所用で領地を空け、王都へと赴いていた。役目とはそこで仰せつかったものであろうかと、オショウはゆっくり瞬きをしながら思う。

「実は先だって、ラーガムのロードシルト様から招待状が届きましたの。わたくしとオショウ様宛で、今度催す剣祭を是非見に来て欲しいとのことでした」

グレゴリ・ロードシルトはラーガムの領主である。「半分殿」と通称される男で、有数の大都市たるラムザスベルを本拠とし、国の内外に大きな影響力を備えた人物だった。異名の所以が国の半分の富を蓄えるがゆえであると語れば、その財力のほどが知れよう。

剣祭とは彼が開催する闘技であるとのことだった。その名の通り出場を剣士に限って競わせ、優勝者にはロードシルトに叶うだけの財貨を与えるとの触れ込みである。得物を剣と限定するのは、聖剣を擁し、刀剣を武器として特別視するラーガムの気質ゆえだ。

「なんでも魔皇様をやっつけたお祝いだとかで、カナタ様も出場なさるそうですわ。なのでオショウ様さえよろしければ、と思ったのですけれど……」

ケイトはそこで言葉を切って、オショウを見やる。

魔皇征伐に際し、アプサラス所属となるケイトとオショウの両名が凄まじい動きをしたとは周知である。そこを考慮するならば、これはただの招待ならず、国の動きが絡んだものに違いなかった。

「以前も申し上げた通り、わたくしは政治のわからない田舎娘です。なので、わかる方に行ってもよいか訊いて参りましたの」

言外に匂わせたものを僧兵が理解するのを見届けてから、彼女は話を継いだ。軽い言い口ではあるが、流れからして尋ねた相手とは、まず間違いなく一国の王である。

「いくつか条件を加えられましたけれど、最終的にご許可を賜れましたわ。なので！」

そこで両手を広げ、彼女はくるりと一回転した。

「ラムザスベルへご一緒しましょう、オショウ様！」

「ふむ」

返答を保留するような唸りであったが、オショウの中では興味が蠢いている。愛憎からでも欲得からでもなく、ただ純粋に技と力を競う楽しみを先の魔皇征伐の折に彼は学んだ。

衆生のために用いるべき武を己の愉悦に転化するのは、僧兵として堕落であろう。だがただ先を取り機械的な殺生を行うのではなく、拳と心とを交わし相互に昇華を重ねゆくのは、拈華微笑に通ずる以心伝心の形であるとオショウは思う。

ゆえに他者の技量の研鑽をとくと眺めるという行為は、特にあの聖剣の担い手がどう成長を遂げどうした技に至るのかを見られるという期待は、彼の食指を動かすに十二分だった。

「だーかーらー、いい加減聞けよ姉ちゃん！　姉ちゃんが遊びに行くのはいいけど、勝手にオショウを連れてくな！」

そこへ再び、ケイレブが割り込んだ。「あら」と眉を寄せてケイトが弟に目を向ける。

「勝手ではありませんわ。オショウ様、ちゃーんと乗り気でいらっしゃいますもの」

「でも、オショウはオレの子分だぞ！」

「うむ……？」

「いいえ。オショウ様はわたくしのです」

「……うむ」

埒が明かぬと見たケイレブは、姉の傍を離れるとオショウに寄ってばんばんとその背を叩いた。

「オショウもぼさっとしてないで、なんか意志表示しろよ！」

「やかましいですわ」

「あいた!?」

ケイトの爪弾きを受け、ケイレブが額を押さえる。姉弟の力関係は、姉が大分優勢であった。

「……ねーちゃんの阿呆！　クソ喰らえ！」

「また、そんな悪い言葉を使って！」

説得を諦めたらしい弟がせめての腹いせに個人攻撃を開始し、姉が姦しく応酬する。

仲睦まじい喧嘩のさまを眺めつつ、その時オショウは思ったのだ。

魔皇征伐のために呼ばれたのが己である。それを果たした以上、後のことは余禄に過ぎまい。ならばこの娘の望みに望まれただけ付き合って、悪い道理はないはずだ、と。

*

アプサラス王宮、謁見の間。

執務にひと区切りをつけたタタガタ・アプサラス・マハーヤーヤーヤナ六世が、わずかに目線を上げた。天井を透かし、束の間遠い空を眺めるようにする。

「まもなく、ラムザスベルに到着する頃かと」

一瞬の所作から読み解き、近習が囁いた。マハーヤーヤーヤナは軽く顎を引いて応じる。

「本当によろしかったのですか、陛下」

やりとりから王の心の在り処に見当をつけ、貴族のひとりが声を上げた。

「ご存知にあらせられましょうが、ラーガムのロードシルトにはよからぬ噂がございますぞ。ケイト・ウィリアムズとテラのオショウは今や我が国の権威の象徴。迂闊にラムザスベルに送り、万一事あらば……」

「くどい」

先を語らせぬ鋭さで、マハーヤーヤナ六世が切り捨てる。冷たい眼差しに一瞥され、貴族は喉の奥で声を凍らせた。

まるで両名の身を案じるかの如き言いざまだが、実情が異なることを王は知悉している。たとえばこの貴族は、生まれたばかりの我が娘とウィリアムズの長男との婚約を結ばんと企てている。つまりは理解の及ばぬもの、恐ろしく感じるものを目の届くところに置き、味方として安堵を得たいだけなのだ。

不快を面には出さず、けれど王は胸中で嘆息した。

そもそもこうした政治に巻き込まぬべく、ウィリアムズにはアンデールを領土として与えている。だというのに、その意味を解さぬ輩が多すぎるのだ。

王都よりほど離れたかの土地は、珍しくも森に沿わぬ都市である。どころか大樹界との間に王都アプサラスを挟み、界獣の脅威から守護されていた。領内には豊かな山野と大河の恵みを抱え、牧畜にも耕作にも向いた土地柄で、上質の茶葉やパケレパケレの毛織物の産地として名高い。

斯様に生産都市の側面を持ちながら、アンデールの税はひどく軽かった。安全の対価として金や物資を捧げるではなく、むしろ逆に手厚い支援を受け、人口は少ないながらも最も豊かかつ幸福に人が暮らす都市として知られている。

これらは国策によるものであるが、根本に横たわる理由は非情なものだ。

言うなれば、全ては領主たるウィリアムズのご機嫌取りである。

確定執行のウィリアムズ。

己の命を代償として、如何なる霊術式をも必ず執行してのける一族は、そのように通称された。

彼らに期待される役目とは、この特性を活かした魔皇の撃滅である。

魔皇と五王六武なる上位魔族は、人類の攻撃を無効化する強力な干渉拒絶を備えるのが常だ。だがウィリアムズの異能を以てすれば、これらをただ一撃で打ち滅ぼすことが可能だった。

無論、命を擲っての刺し違えである。覚悟とは外より強要できるものに非ず、よってウィリアムズには、躊躇いなく死んでもらう必要があった。

そのために、アンデールは笑顔と優しさに溢れる幸福な都市となった。

確定執行の血族に、人を愛してもらうべく。生贄としての道を、自ら望んで選ばせるべく。

ウィリアムズの心の拠り所として、慈しみに満ちた偽りの楽園として、この都市は計画的に構築されたのだ。自分たちの役割こそ知らず、領民たちも国により霊術的に善性を確かめ移された者ばかりだった。

よって元来、政争の汚臭はこの地に持ち込むべきではないのだ。

如何に初代が高潔な志を持とうと、権力と交わり代を重ねた人間は必ずや堕落する。これはクランベルの例を見るまでもなく、鏡を眺めれば明らかなことだ。

だが、実利面からのみならず、マハーヤーヤナは貴族らがケイトに関わることを厭うていた。

人類の存続を思うなら、アンデールという都市の機能は許容せざるをえない部分がある。それゆえに、私的な感情を入り混ぜる余地はないと黙認してきた。しかし皇禍を乗り越えた今、まだあの娘を我欲に利用しようという目論見を抱く存在は看過しかねる。

あれは至極よい娘だ。命を救われたからばかりでなく、王はケイトを高評している。叶うなら、ぼんくら息子いずれかの嫁にと望んでいたところだ。けれど風通しのよい野に咲く花に宮廷という花瓶は息苦しかろうし、何より娘の隣には、テラのオショウがいた。

「悪(あ)しき風聞あらばこそ、ウィリアムズにその真偽の探りを託したのだ。間者の振る舞いを為すとはいえ、いざ事あらば身の上を明かせばよい。耳目ある場で名が通りすぎたがゆえの変名であると申し開かば、如何にロードシルトとて強くは咎められまい」

おためごかしを切り捨てじろりと睨(ね)め渡すと、居心地悪く幾人かが身動(みじろ)ぎをする。

「何より、両名は魔皇を縛すほどの兵(つわもの)なるぞ。身命に幾許(いくばく)の不安があろうか」

告げながら、自身の牽強付会(けんきょうふかい)に王は心中だけで苦笑する。

グレゴリ・ロードシルトはかつては大型の界獣退治で知られた英雄だ。半分殿とも称されるやり手であり、ラーガムの王すら、彼の意向を無下にできぬと聞く。

その剣呑な男が魔皇打倒の直後より蠢動(しゅんどう)し、いち早く剣祭なるものを催したこと自体が訝(いぶか)しいのだ。

海路空路に我が船を手配し、各地より人を呼び集めるというのはいい。自領への経済効果を見越すのならば当然の動きだ。だが見物の多さを、ひいては催しの盛大さを口実に、魔皇と関わった人間をひとところに集めんという意図がその裏に透けていた。

現在、ラーガムと大樹界の境界に所在する魔皇は、人類に膝を屈した体裁である。

だが実際のところ、魔皇ラーフラを御するのは人類ではなくアプサラス、より詳しく言えばテラのオショウである。

具体的にどのような企みを抱くかまでは窺い知れぬが、この招待はオショウを自陣に引き込もうという画策ではあるまいかとマハーヤーヤナは見ていた。王家を通さずウィリアムズと界渡りに直接のアプローチをするのだから、勘繰らない方がどうかしている。

戦歴を手繰れば、グレゴリ・ロードシルトとは幾重にも周到に巡らす人間だ。事を起こす段に至り、つまらぬ言い抜けを許すとは到底思えない。万夫不当の勇士が奸智の毒に倒れる例など、古来掃いて捨てるほどにある。ケイトとオショウに千慮の一失が生じる可能性は、ごく低いとはいえ否めなかった。

それでも王がふたりを送り出した主たる理由は、甚く私的なものである。

『わたくし、オショウ様に世界を見ていただきたいのです』

招待状を手に直談判にきた娘は、そう言って微笑んだのだ。

ウィリアムズの人間は、ひどく透明に笑う。家訓として、平素より死を意識するためだ。ケイト・ウィリアムズ自身のそうした笑顔を、皇禍の折にマハーヤーヤナは目にしている。それは自棄とは異なるが、常人の心地からは、やはり逸脱する境地だった。

けれどこの時、彼女が浮かべたものは違った。それは年頃の娘らしい、ものやわらかな微笑だった。

『オショウ様にとってここは別世界。文字通りの新天地です。なのに魔皇様とのことが終わったらアンデールに籠りっぱなし、というのは勿体無いと思いますの。だから絶対、ぜーったい、オショウ様は見聞を広めるべきですわ。ご自身で見て、聞いて、確かめて。それからちゃーんと、わたくしたちを好きになっていただきたいのです！』

ぐっと身を乗り出した娘は、そこで優しく目を細める王に気づいて居住まいを正す。

『……失礼いたしました、陛下。わたくし、また先走ってしまいましたわ……』

『いや、よい。お主の心根はよくわかった』

選択肢が狭められていると、彼女は感じているのだろう。

界渡りたるオショウは、こちらについて多くを知らぬ。ゆえに彼が今アプサラスにあるのも、吟味しての結果ではない。ただ召喚者たるケイトに付き従い、慣性と惰性で腰を落ち着けたのに過ぎないと、この娘は考えているのだ。

だから世界を見せたいと思い、多くを知ったその上で、自分の隣を選んで欲しいと願う。

欲しいならば、必要ならば、無知のまま飼い殺せばよい。アプサラスが、ウィリアムズにそうするように。けれど彼女はそれを決して望まぬのだった。

稚い自己満足だが、しかしこれがマハーヤーヤナの良心を呵責した。

ケイト・ウィリアムズこそ、選択肢のなかった人間である。国のため人のためにという名目で、否応なく性質を歪められている。それでいてなお、この娘は人のあり方を憂えるのだ。

もし旅路の果てにオショウが別離を選ぶなら、彼女はきっと、その背を笑顔で見送るだろう。そうして誰にも涙を見せずに、ひとりきりで泣くだろう。

『なんとも、優しいことだ』

『はい！』

囁くように王が言う。するとケイトは謙遜からの否定をせずに、含羞(はにか)みながらも胸を張った。

『父より申しつけられておりますの。界渡りの客人(まれびと)は孤独で心細いから絶対親切になさい、と』

それから悪戯(いたずら)を見咎(みとが)められた子供のように、ちろりと小さく舌を出す。

『わたくしの場合は、その、もう少しばかり私情もございますけれど……』

私人としては共感しつつ、第二の天性たる王の部分で打算していたマハーヤーヤナを、この仕草が打倒した。彼は破顔し、過日の褒賞では魔皇征伐の功に報いきったとは言えまいと理屈をつける。

こうしてケイト・ウィリアムズにラムザスベル探索の王命が降り、彼女はオショウと共に、アプサラスを発つ運びとなった。

アプサラスの切り札となる英雄ふたりをうかうかと領外に出すなど、無論沙汰の限りである。突発的な差配に反対意見は続出した。だが王は、かつてない強権でこれを撥(は)ねつけた。

ケイトたちを出立させる、方便としての面はある。けれどのみならずで、ロードシルトは探っておくべき相手であった。人類が意志を統一し、魔皇の助力すら得て大樹界を拓こうという大切な時期なのだ。

千載一遇の好機に際し、目論見定かならぬ不安要素の混入は好ましくないとマハーヤーヤナは考えている。もしロードシルトが、聖剣をはじめとする英雄たちや魔皇への二心を抱くならば、早急に突き止めて除くべき害悪であろう。

一抹の不安があるとはいえ、その点において、アプサラス最大戦力の派遣は誤りでないはずだった。

特にオショウは、魔皇を上回る猛者と聞く。彼らふたりに為しえねば、他の誰にこの探りが叶おうか。

もっとも、とマハーヤーヤナは、今度は顔に出して苦笑した。王には稀有な感情の発露に、近習が軽く目を瞠る。

実利のみを追い求めるなら、もう少しやりようはあった。たとえば旅の経路だ。ケイトの望んだ陸路ではなく、船で空路を行かせれば、そのぶんだけロードシルトを探る時間は増したろう。

だが速度は世界を縮めれど、同時に味気なくもする。

結局のところ、彼女に旅路を許したは、王の親心に似た自責なのだ。オショウばかりでなく、あの娘も世界を広く見知ればよいとマハーヤーヤナは思う。結果、アプサラスが彼女を失うこととなろうとも。彼は笑って、その門出を見送るだろう。

もう一度天井を仰ぎ、遠い空の下にあるふたりを思った。

彼のためにと、彼女は言った。

だがこの旅がケイトのためともなることを、王は願ってやまぬのだった。

2. 我法使い

木々を抜けた曙光が、淡く辺りを照らしている。夜の名残のように、薄靄が下生えを這っている。

冷えきって静かなその大気をかき乱し、激しく立ち回るふたつの人影があった。

一方は少年。

常寸の曲刀を握るその体躯は、武人と呼ぶには些か細い。優しげな面立ちと、額に張りつく絹糸めいた薄茶の髪とが相まって、まるで少女のようですらあった。

が、時に駆け、時に刃を振るういずれのさまにも、しんと崩れない一本の芯が通っている。それは白雪の美だった。天与の才ではなく、剣に携わった時間だけが研ぎ上げる、一切の無駄がそぎ落とされた美しさである。歳若くして彼は、紛う方なく剣士だった。

もう一方は、青年。

驚くべきか、こちらは無手である。霊術式を纏った両腕で、剣の達者たる少年と互角に、或いはそれ以上に切り結んでいる。

ひどく麗しい男だった。

嵐のように立ち合いながら、白磁の肌は運動の気配すらなく透き通り、呼吸ひとつも乱していない。動きにつれ、両肩に分かれて長く流れる金髪が、優雅な舞の余韻の如く艶やかに揺れた。

状況も性別も関わりなく目を奪う蠱惑を、彼は周囲に漂わせている。少年を乙女のようと評するのなら、こちらは絵画か彫像だった。人の似姿であり、見惚れるほどに美しい。が、決して人ではない。

下段から跳ね上がった一刀が、その人外の美貌を掠めた。

否。

掠めさせられたのだと、少年は直感する。切っ先は薄紙一枚で届いていない。わずかだけ及ばぬと見えた距離は、その実、彼我の圧倒的な実力差を示す代物だった。

なんとなれば青年の緑の瞳が、涼しく余裕を湛えて少年を見下ろしている。彼の手腕を以てすれば、今の一瞬に致命的な反撃を打ち込むことのできた証左であろう。

忸怩を噛み締めつつ、刃を返し打ち下ろす。

踏み込みと同時に放たれたひと太刀は、やはり剣士の教本のような一撃だった。呼吸から始まり、爪先、指先、膝、手首、肘、腰、肩。あらゆる肉体の動きが見事なまでに連動していた。体内で発生した力は損なわれずに伝導し、寄り集まって螺旋のように増幅され、太刀行きとして現出する。

袈裟懸けのそれを、青年が手刀で受けた。直後、奇態にもぴたりと少年の刀が静止する。籠められた一切の力が拒絶されたような、あらゆる慣性が消失したような、不可思議な現象だった。

が、この作用を知悉するかのように、少年は動きを止めない。続けざま、紫電の如き剣を一閃ならず振るいゆく。そのいずれもが、首、腋、内腿といった太い血管のある箇所を的確に狙う、神速にして精密なものだった。

全身を駆動させたこの連撃も、しかし青年には届かない。予め、刃の軌道を知り尽くすように。緩やかとすら思える歩法で、彼は刃の群れを掻い潜る。剣はただ空のみを裂いた。靄へ斬りつけるよりも手応えがない。

空振りが焦りを蓄積し、やがて少年の腕に無駄な力みが生じる。その瞬間を見透かして、青年が動いた。

わずかに粗い剣の腹を柔らかに手の甲で押し上げる。そっと添えられたかに見えたそこに、どのような力と術を伴ったのか。太刀筋は容易く乱され、少年は大きく体を崩した。あっと目を見開く暇すらなく、その喉元に逆の貫手が突きつけられる。

「三度目だ、聖剣」

唇を噛んで少年――カナタ・クランベルは動きを止めた。悔しさを隠しきれないその面持ちを眺め、ラーフラがくつくつと笑う。

魔皇ラーフラ。それは忌むべき魔の名だった。

数十年から数百年に一度、無数の魔軍を身の内より生む異能を備えた魔が現れる。必ず人類根絶の戦を起こすがため、人はこれを恐れて魔皇と呼び、もたらされる禍いを指して皇禍と言った。

当代に皇禍をもたらした張本人が、このラーフラである。

邪悪なる企ては、カナタら七人の尽力により打ち砕かれ、彼は虜囚と成り果てた。本来ならば即刻処刑さるべき身の上に他ならない。しかし魔皇の死を押し留めたのが、ラーフラと直接干戈を交えた英雄たちだ。

幾度魔皇を討とうとも、皇禍は繰り返し発生している。ならば将来の禍根を絶つべくと、彼らは人魔の融和を提唱したのだ。

魔を敵とする世の道理を覆す言いであった。皇禍により縁者を亡くした者も数多く、感情的にも到底容れられる案ではない。当初は魔皇による精神支配を疑う向きすら出たのも、無理からぬところであろう。

しかし通信の儀式霊術を用いた三ヵ国大会合が長きに渡り繰り返され、明るみに出たひとつの真実といくつかの実利により、ついにラーフラは助命された。無論、自由の身として解き放たれたではない。たとえばラーフラの喉首を包む金環は束縛の表れである。

ラーガムの精緻なる施紋術、アーダルの霊術知識と実験結果の蓄積、そしてアプサラスよりの膨大な霊力供給と確定執行があって初めて完成したこの品は、魔軍を生み出す魔皇の異能を封じるものである。

首輪の解放には三国の王二名以上からの同意と英雄四名以上の許諾を同時に必要とし、同様の承認を得ることにより、魔皇の頭部を微塵に爆ぜさせることも可能としている。身体能力と上位魔族の備える干渉拒絶の完全な抑止にまでは至らぬが、活動規模を制限する頸木として十二分の効能を備えると言えよう。

こうしてラーフラを鎖に繋ぎ、三国は大樹界と魔族を食らい合わせる目算として大樹界開拓案を認可。事業の始点としてラーガムの首都と大樹界との中間点となる土地が選ばれ、テトラクラムと名づけられた。

ラーガムが最も開拓の恩恵に浴する格好だが、ウィリアムズとオショウという切り札を抱えるアプサラスは鷹揚に譲り、アーダルも即時に大きな支援を行わないことを条件としてこの立地に同意している。二国の判断は、開拓によるメリットとデメリットを比べ見てのものだった。

開拓が利益を生むまでには時を要する。最多の取り分を見込めるとはいえ、三ヵ国の共同事業である以上それは独占できるものではない。加えて、獣と魔の脅威がある。森を侵すことが界獣を刺激するのはもちろん、先鋒を名乗り出た国は魔皇の管理をも請け負わねばならぬのだ。不慮の事故により開拓都市建設が頓挫する場合も充分にあり、国力を注ぐには危険が多く見返りが薄い。即時の支援を行わぬというアーダルの言い分は、ある程度運営が安定した城塞都市が完成したなら一枚噛もうという魂胆に他ならなかった。

では自ら名乗りを上げたラーガムが愚かかと言えば、そうではない。

かの国はかつて、大樹界の開拓に着手している。大きな損害を受けて撤退を余儀なくされたが、ラーガムの国軍は樹界深奥まで足を踏み入れたとも言われていた。その折の知識と経験が、彼らをしてテトラクラム運営に挙手せしめたのだろう。

そしてこの都市の初代管理者として選出されたのが、他ならぬカナタ・クランベルだ。

彼と魔皇が立ち回っていたのも、テトラクラム外縁の一角でである。どちらかが三度死に体を晒すまでという地稽古のルールは、魔皇曰く「ナークーンを討った褒美」だった。

「当初に比せば、随分と長く持つようになったものだ」

「まるで褒められた気がしません」

首を横に振り、カナタは曲刀を鞘に納める。瞬きの間に三度殺されていた当初に比せば、確かに生存時間は延びた。だが立って歩くだけで賛美されるのは赤子のみ。彼が欲する先はまだ遠い。

「素直に受け取るがいい。当初の君は諸事に心を縛られ目を塞がれていた。だが、今は違おう」

「…………」

正鵠を射られ、カナタは一瞬沈黙をする。

この時代、都市、或いは都市たらんとする在所の統率者に求められるのは仁愛でも寛容でもない。ただひたすらに力だった。

どれほど民を思う善人であろうと、獣どもに抗する武を持たぬ者は無能でしかない。一旦餌場狩り場と認知されれば、人の味を覚えた界獣の襲撃は、都市が滅びるまで繰り返される。

本人、または側近が際立った武勇を誇るでもいい。資産や縁故に恵まれ、多数の兵力を動員しうるでもいい。まず魔獣界獣を打ち払い、都市の安全を保障するだけの軍事力を内外に示すことが必須だった。誰しも死を望まぬものだ。危険ばかりの土地にいつく者などありはしない。平穏無事の暮らしがあればこそ、人はそこに住まい、そこへ訪れる。

また突出した領袖の力は、一種独裁にも似た統治形態を可能とする。常に食うか食われるかのプリミティブな状況において、判断の遅れは即ち悪だ。悠長な協議を経ての巧遅よりも、単独の判断による拙速が尊ばれる。

魔皇を降した聖剣と大貴族クランベルの二枚看板は、当の魔皇が共にあるという不安要素を差し引いても、充分に期待を満たすものだった。新設都市への移住希望者は想定よりも遥かに多く、よってカナタはその信を裏切るまいと懸命の修練を重ねていた。

彼を駆り立てたのは、看板の双方が虚構であるという事実だ。

己の剣腕はラーフラにも、大型界獣を真っ二つに断つほどの斬線を創出したという初代聖剣にも、遥か遠く及ばない。そのような自覚がカナタにはある。

またクランベル本家の支援も、さして望めぬのが現状だった。分家の裔ではあるが、九代目に選出された時から、カナタはクランベル姓の名乗りを許されている。これは聖剣としての活動が、本家に栄誉として還元することを目論んでのことだった。のちのち有名無実の地位に就かせ、偶像として飼い殺すやり口である。

しかし彼の為した魔皇捕縛という功績は、過去に類を見ないほどに大きかった。戦果はカナタ個人に属し、家名はその前に霞んでしまう。今更何を与えようと、周囲は本家の媚びへつらいとしか思うまい。のみならずカナタは大樹界開拓案を提示し、国を動かしてのけている。他国の同意がある以上、クランベルといえども歯噛みしながら容れるより他にない。その事実が、より一層本家の誇りを傷つけた。故なく他者を下に見る類からすれば、カナタとは小癪極まる分家の小倅だった。

斯様な軋轢が横たわるがゆえに、テトラクラムには本家よりの援助は期待できない。クランベルの冷淡さを察し、他の貴族もこれに倣っている。

王都の貴族たちは元来、他の城塞都市より供出された人質だ。とはいえ別段身柄が拘束されたわけではなく、身の上を同じくする他都市の人間と交流を持つことができた。彼らはやがて都市間の折衝を務めるようになり、ついには独特な権威の獲得にまで至っている。当然派閥の力関係に鋭い嗅覚を有し、王都に直接の地盤を持つクランベルに逆らう者はなかった。

結果、ラーガムよりの支援は通り一遍のものと成り果てている。本家からすればカナタの失敗ののち、自らの息のかかった人間を後釜として送り込めばよいとでも考えているのだろう。

冗談ではなかった。

カナタの失敗とは、即ち都市の崩壊である。テトラクラムに集う民は、薄汚い政治とはなんら関わりのない人々だ。特権階級の恣意で失われてよい命では断じてない。

魔皇との鍛錬を始めたのも、滅びの可能性を少しでも減ずるべくだ。

武技を高めるだけでなく、と同時にラーフラと個人的な友誼を結ぼうという下心はそこにある。もしもの折は彼の手にも縋ろうというのだ。損得で友人を作ろうなど、汚れた行為であるとカナタは思う。それでも、どうにもならなくなってから泣き叫ぶよりずっとましのはずだった。そう思いつめるほどの窮状だった。

だが彼の悲壮を救うようにいくつかの手が差し伸べられた。

霊力蓄積に必須の祈禱塔がアプサラスより寄贈され、すぐには協力の手を伸べぬはずのアーダルからは数機の霊動甲冑――人が乗り込む封入式でなく、霊術式により指示を下す外部入力式のものだ――が届けられた。前者は魔皇征伐の報酬としてケイトが望んだものであり、後者はまず間違いなくセレストたちの働きかけによるものだ。祈禱塔よりの霊力を用い、甲冑を重機として稼動させることにより、想定外の速度でテトラクラムは都市としての体裁を整えつつある。

更にターナー家からの援助が重なったのも大きい。

ラーガムの西、カヌカ近郊に領土を持つこの家の嗣子をエイシズ・ターナーといった。五王のひとり、ディルハディの前に単身立ち塞がり、カヌカ祈禱拠点を守り抜いた武勲で高名な少年である。

彼は同じ戦地を経た好を名分に、クランベルの意向を無視してテトラクラムへ人材を派遣したのだ。いずれもが行政に通じ、カナタを補佐するに充分な才覚を備えた文官たちだった。

こうした人の縁により、この頃の彼には余裕が生じつつある。

「かも、しれませんね。でもそうなると、貴方は困るんじゃないですか？」

「さて、思い当たらないが」

「僕は敵ではないけれど、貴方の監視者です。それが強くなるのは、不都合じゃないかなって」

すると魔皇は腕を組み、ただ嫣然と口の端を持ち上げた。

「仔犬の成長ならば微笑ましく見守るばかりだ。何を恐れる必要もない」

実力差からすれば、仕方のない言いである。認めざるをえないところだったが、カナタにも少年らしいプライドがあった。思わずむっと眉を寄せると、ラーフラはその愉快をますます深める。

抗弁しようと口を開きかけたカナタが、弾かれたように振り向いた。その手は曲刀の柄に伸びている。

「この明け方から、恐れ入る」

ひとりの男が、そこにいた。

全身を包み込む外套と丈高な鍔広帽、そしてぶ厚く強靱な革靴は、見るからに旅装である。

「だが話通りのお陰で手間が省けた。カナタ・クランベル——テトラクラム伯だな？」

しかし彼がただの旅人でないのは、一目して瞭然だった。

鞘尻が地を擂るほどに長大な剣を背負うのもある。だが尋常の旅客は単身で開拓都市の外縁を彷徨いはしないし、カナタの感覚をすり抜けて、ここまで接近できもしない。何よりテトラクラム伯と承知で殺気を浴びせも、こびりつくような血臭を漂わせもしないのだ。

「失礼ですけど、貴方は？」

魔皇が楽しげに傍観を決め込む気配を感じつつ、カナタはわずかに膝を撓めた。無論、柄は握ったままである。剣呑な手練れだとの直感があった。

「こいつを届けに来てやったのさ。とんだ使い走りだ」

露骨な警戒を気にも留めず、彼は内懐から二通の封書を抜き出した。カナタの目に怪訝の色が浮いたのは、その封蠟にクランベルとラムザスベル、両公の紋を見たからだ。

「受け取れ」

指の股にそれぞれ挟んだ封状へ、回転を加え男は投じる。霽を吸って緩んだ土へ二通が浅く突き立った。

「貴様の本家よりの指示と、グレゴリ・ロードシルトからの招待だ。詳しくは読めばわかるが、役者が揃ってちょうどいい。端的に中身を教えてやる」

男は帽子の鍔を上げ、自身より背丈の低いカナタを睨め上げるようにして見やる。

声から察しのついていたことだが、覗かせた面持ちはまだ若いものだった。カナタよりも数年歳を重ねる程度であろう。

「ロードシルトが剣祭を開く。ラムザスベルへ来い。そこで貴様は、おれに斬られるんだ」

「行って死ぬならお断りです。僕は命が惜しいですから」

「ならば代わりに魔皇の首か、セム家の娘を差し出せ」

直後、男が大きく後方へ跳ねた。言い捨てた刹那吹きつけたカナタの怒気に、鼻先を掠められたからである。

「おいおい、クランベルの本家の言いだぞ。おれに当たるなよ」

「使者の礼も知らない流れ者の舌を、どう信じたものかわかりかねます。身の証しをお願いできますか」

静かに告げられ、男は億劫げに帽子の鍔を撫でた。

客観的に見て、カナタの言い分は正当である。男は公にテトラクラムを来訪し、領主に面会を求めた使者ではなかった。突然に押しかけ、身の証しも立てずに妄言を吐きかけた流浪なのだ。まずその口上を信用する道理がない。加えて公家紋章の偽造に書状の捏造となれば、これは手打ちにして然るべき罪状だった。

無論カナタも、男が完全な虚偽を述べるとは思っていない。

少年の物言いは、非礼を詫びさせ譲歩を引き出すための一種常識的な対応であり、垣間見せた怒りも半ばは芝居である。しかし。

「面倒を避けたつもりが、逆に面倒になったな」

ため息混じりの軽い口調だったが、その底に、ぞろりと怖いものがとぐろを巻いていた。

「面倒ついでだ——ここで首を獲るか」

男の手が背の剣を握る。「失せろ」と小さく呟くなり、刃を包む鞘が爆ぜた。粘液化したそれは合い言葉と共に霊力を流し込むことで起動する紋様術式であった。剣に合わせて長大な鞘は抜刀身を這いのぼり、元よりあった鍔に絡んでアーチを描くと、太い護拳を作り上げる。

において不利となる。これを補うべく霊術紋を刻み、鞘と護拳、双方の形状を即座に切り替えられるよう取り計らっているのだ。

固形物のような殺意が、強く打ち当たる。男が容易く命のやりとりに踏みきったのを察し、カナタが抜き合わせた。

「抜いたな。じゃあ、死ね」

両者の距離は剣を交えるにはまだ遠い。先の男の後退もあり、あと数歩は詰めねば切っ先の届きようがない隔たりが生じている。

だというのに次の瞬間、何の音も感触もなく、カナタの剣が半ばより斬り飛ばされた。少年の背筋を、ぞっと冷たい戦慄が灼く。もし斬撃に合わせて半歩退らなければ、宙を舞っていたのは彼の首だったろう。

地を擦るように刃が薙（な）がれ、まったく同時に剣が断たれた。どのような理屈かはさておき、ここに男の意志が介在するのは確かである。

道理と間合いの外からの斬撃を目にし、ほう、とラーフラが感嘆を漏らした。その目に興深げな色が浮く。

「我法か」

我法とは、我が意のままに世界を歪める法の名であった。

通常起こりえぬ現象を現すという点で、それは霊術に似る。だが共通するのはそれだけで、そこまでだ。霊術式が体系だった知識であり学問であるのに対し、我法は徹頭徹尾個人に属し、一切の汎用性を備えない。

確かに霊術にも、使い手を選ぶ術式は存在する。

たとえば真夜中の太陽（ラト・スール）や他界干渉のような巨大な霊素許容量を要求するもの。

たとえば聖剣や千里眼、順風耳といった、その一族の血脈に最適化したもの。

だが我法はこれらより遥かに強く個人に属して結びつく。法に至った当人を除いては誰にも執行できず、誰にも継承できない。ただ使い手の意志と前後の宣誓のみを条件として起動し、発現する作用も、さながら人格の如く千差万別にして特有である。効能は法に至った者の魂の形に即すると言われ、類似はあれども同一の法は世にないとされる所以だった。

そのありようはいっそ上位魔族の干渉拒絶に近く、法の圏内において執行者の願望はおよそ現実となる。

　とはいえ、あらゆる希求の全てが叶うではない。実現されるのは執行者が起きて当然と認識する現象のみだ。

　仮に「自身には傷を癒やす力がある」と確信し、そうした法に至った人間がいたとする。治せるのがどれほどの傷までか。癒えるまでにどれだけの時を要するのか。そうした事象は悉く、彼の心に依存するのだ。

　もし彼が自らの法が衰えたと感じれば、いずれ些細な傷すら塞げぬようになるだろう。

　もし彼が自信に満ち、死者の蘇生すら為せると確信するなら、復活は実際に発現するだろう。

　成ると思えば為せ、成らぬと思えば為せぬ。自身の意志力が限界を決定する。我法とは斯様に異質かつ強力で、同時に曖昧にして脆弱なものであった。

「如何にも、斬法・水面月」

　低く笑いを含んで、男が宣誓した。

「斬り損ねたのは久しぶりだな。何だ、今のは？　どうやって避けた？」

「…………」

　口を結んで、カナタは応えない。答えられるはずもない問いだった。咄嗟の後退は、彼自身も由来のわからぬ勘働きであったのだから。

「まあ、どうでもいいか。いずれ、逃げきれずに死ぬ」

　ゆっくりと男が剣を握り直す。触れなば断つ不可視の斬撃を以てするなら、その言葉は妄言でなく予言であった。

ゆえに、カナタの動きに躊躇はない。

踏み込みに合わせ、彼は半ばになった剣を我法使いの顔目掛けて投じた。驚くべき思い切りである。掌中の一刀は、現状唯一無二の護身具だ。武具としても防具としても半端に成り果てたとはいえ、そうそう手放せるものではない。だがだからこそ、男の意表を突けたと言えよう。

舌打ちしつつ、我法使いは仰け反ってこれを躱し、その空隙を盗んで、カナタが懐に潜り込む。少なくとも男の我法は、斬撃に連動するものだと判明している。ならば得物を封じてしまえばそれでいい。

剣どころか拳を振るう距離すらないインファイト。極小の間合いで、カナタは体重を乗せた肘を突き出す。鳩尾を狙った一撃を、柄から外した片腕で男が逸らした。剣を手放したくない我法使いと両手を空けたカナタとでは、立ち回りの自由に大きな差がある。形勢は一瞬にして逆転したかに思えた。

「絡め」

しかし直後、男の声がした。

合い言葉による紋様術式の起動。護拳が爆ぜ、先と逆回しのプロセスを経て鞘へと変じて、刀身を包む。我法使いが意図したのは、無論剣の保護ではない。形状変化の過程で生じる爆発的な膨張。これを利した一瞬の目晦ましだった。刹那視界を奪われたカナタの脇腹へ、男が膝頭を叩き込む。痛烈な一撃に、小柄の体躯は苦鳴を漏らして土を転がる。

そして、死命を制する間合いが生じた。

「やれやれ、面倒な餓鬼だった」

過去形で我法使いは吐き捨てる。

脇に側めた刀身に、既にして鞘はない。護拳が再び形作られ、抜き身が露となっている。恐ろしく場慣れた動きだった。法に因らずともこの男は強い。

今度は、カナタに何をする暇もなかった。

膝立ちの少年へ向けて刃が走り、

「……魔皇が、人に加勢するかよ」

確実に首を飛ばすと思えた剣閃は、あわやのところで停止している。

いつ動いたとも悟らせぬまま、ラーフラがそこにいた。

花を手折らんとでもするかに軽く伸ばした指先だけで、ぴたりと刃を受け止めていた。まるで大剣に乗るあらゆる力が拒絶されたような、それは奇態な光景だった。

「困ったことに、聖剣の生死は私の暮らしを左右するのだ。よりよい生活環境を追い求めるのは、生き物として当然の仕業だろう？」

囁いて、魔皇は端整な唇に、ふっと甘い笑みを浮かべた。

「とはいえ、君をどうこうする義理まではない。どこへなりと失せるがいい。私が、ここで首を獲る方が手間がないなどと思わぬうちにだ」

「こいつは……面倒が過ぎるな」

舌打ちと共に、我法使いは二度続けて後方へ跳ねた。背中に目があるかのように木立を避けて、彼は正面を向いたまま連続で飛び下がる。

やがて充分の距離を得たところで、帽子の鍔を撫でつつ告げた。

「ウィンザー・イムヘイムだ。ラムザスベルで待つ」

それは、剣祭で決着をつけようという宣告に他ならぬものであったろう。

「残念なことだ」

外套を翻し靄に消える背を見送って、ラーフラが小さく頭（かぶり）を振った。

「ああした手合いばかりであれば、我が事は容易かったろうに」

*

テトラクラム城壁内、クランベル私邸。

そこでカナタとラーフラを迎え、顚末（てんまつ）を聞き及んだイツォル・セムの消沈は著しいものだった。

ラーガムに暮らした頃は聖剣の介添え人として、彼女の姿は常日頃、影のようにカナタと共にあった。だがテトラクラムに移って以降、ふたりには別行動が増えていた。新設都市で次々と持ち上がる問題に、手分けして対応せねばならなかったのも無論ある。だが何よりの理由は、セム家の家伝霊術だった。

千里眼、或いは順風耳。そう称される術式をイツォルは継承している。これにより彼女は、都市の防衛に当たっていたのだ。

カナタとラーフラという屈指の兵（つわもの）を有するとはいえ、テトラクラム自体の守りは薄い。ゆえに彼女は、界獣をはじめとした危難をその耳目により早期に察知し、少ない手札を最大限に活かせるよう努めていたのである。

毛ほどの懈怠もなく全周囲に細心の注意を払わねばならぬのだから、これは当然、やすりがけのように精神をすり減らし続ける仕業に他ならない。

カナタの諫めも聞かずイツォルは昼夜探査を続け、限界が訪れる直前にようやく後事を託して糸が切れたように眠る生活を続けていた。この頃は哨戒網も構築され、負担も軽減されつつあったが、些かならず完璧主義で心配性な彼女は、このあり方を改めようとはしなかったのだ。

カナタたちふたりの朝稽古の時間は、そんなイツォルが最も気を緩める頃合いだった。都市の最大戦力が、城壁のすぐ傍で活発に活動しているのだ。如何なる事態にも対処できようと考えて無理もない。

ウィンザー・イムヘイムの奇襲は、彼女のこの油断を狙い澄ますが如きものであった。

「ごめんなさい。わたしが、ちゃんとしていたら……」

「断じて、イっちゃんのせいじゃないよ」

俯くその頭を、なだめるようにカナタが撫でる。

「君がどれだけ頑張ってるか僕は知ってる。だからもし君を咎める人がいたなら、必ずこう尋ねるよ。『貴方はその時、何をしていたんですか』って」

ひとりが何もかもを背負う必要なんてない。それは間違ったことだとカナタは信じる。

もし仮に皆を救う英雄がいて、誰も彼もがその人に縋り、頼りきりでいたとする。万一彼が挫けたその時、一体誰がこの英雄を救うのだろう。孤立無援の心を思うと、カナタは慄然とせざるをえない。

「今度のことだって、僕がもっと強かったらよかったんだ。そうしたら、全部笑い話にできたんだから」

「それは、何か違う」

「うん、かもしれない。でも同じくらい、イっちゃんが自分を責めるのも違うって僕は思うよ」

自分には彼女がいてくれた。そのことを幸運にも幸福にも感じつつ、カナタは彼女の頬に触れる。そっと、支えるようにして上向かせた。仰ぎ見たイツォルが、ゆっくりと瞬きをする。

「無粋は承知だが、そろそろ構わないだろうか」

「……あ」

「……失礼しました」

咳払い(せきばら)で我に返り、ふたりはさっと離れた。顔を赤らめたまま、早足に食堂へ向かう。

彼ら三名がクランベル邸で朝食を取るのは、既に常のことだった。

その存在を承知の上でやって来たとはいえ、魔皇を恐れる向きはテトラクラムにはまだ多い。カナタとラーフラの稽古やこの朝食会は、この種の恐怖と忌避を和らげるべくのアピールを兼ねたものだった。

カナタほど魔皇に対して割りきれないイツォルは反対を示したが、『このままじゃ、この都市は魔皇と馴染めないままになってしまうんじゃないかな。相容(あいい)れなくても信頼して信用できる部分や落としどころは、きっとあると思うんだ。それに皆が彼を怖がるのは事実だけれど、同意する人が多いからその意見が正しいだとか、そういうのは、なんかね』と諭され、これを容れている。

ラーフラも否やを唱える節はない。

カナタはこれを自分たちへの配慮と受け止めているが、イツォルは密かに違うのではないかと考えていた。

観察を続けるに、この魔皇の倨傲めく振る舞いには、どうも人間臭いおかしみが匂う。実のところ、ひとりの朝餉を味気なく感じるというのが正直なところではないかと勘繰らなくもない。

憶測の真偽はさておき、この食卓こそが、現状テトラクラムの最高意思決定機関であった。

「言うのが遅れたけれど」

着座して、まず口を開いたのはイツォルだった。

「貴方には感謝を。カナタを助けてくれて、ありがとうございました」

合わせてカナタが改めての礼を述べ、ラーフラは煩わしげに半眼を作る。

「私の住環境に関わることだ。もし君が死に、代わりに例のアレが管理者としてやって来たでは目も当てられまい」

言い捨てながら匙を取り、無作法にもくるりと指先で回転させた。

領主の食卓といえども、贅沢な品が並ぶではない。卓上にあるのは、シチューめいた汁物の深皿ひとつきり。特に名のある料理ではなく、単なるごった煮である。テトラクラムの食糧事情はまだよろしからず、少しでも腹に溜まるこうした調理が主流だった。

「そんなことより、どうするつもりだ？」

「ロードシルトの件ですね」

話題を転じる魔皇の言いに、カナタが憂慮の面持ちをする。

投げ渡された書状に記されていたのは、イムヘイムが申し伝えた通りの招待だった。

剣祭——文字通り剣士のみに対象を絞った武技の祭典である。

一見、クランベルの聖剣に敬意を払い、魔皇を捕らえた功績を称揚するかの催しだが、実情は異なろう。公衆の面前で子飼いであるイムヘイムにカナタを破らせ、彼とテトラクラムの声望をそぐ目論見に違いなかった。

恐らく試合形式はロードシルトの恣意によるものとなっている。カナタとイムヘイムとは必ず決勝で当たるよう仕組まれるはずだった。

そもそも聖剣は上位魔族の干渉拒絶対策としては最上位の部類だが、対人において殊更優れる術式ではない。カナタ・クランベルの技量もまた同様だ。一流の範疇（はんちゅう）ではあるが、屈指と呼ぶには少々足りぬ。あの我法使いのように場数を踏んだ剣士ならば、充分に真っ向から打倒可能なものなのだ。

そしてウィンザー・イムヘイムの存在は、異なる方角の危惧をも増大させている。

法に至った者は大凡（おおよそ）、高い戦闘能力を備える。だが皇禍に際して、彼らが用いられたためしはない。

理由は、我法使いらの性状にあった。

社会通念を理解し、金銭のような価値観を共有しながら、しかし彼らは己の法を至上の価値として置く。外見からは窺い知れぬその形に抵触すれば、誰であろうと一切の躊躇なく殺戮してのけるのだ。

導火線のない爆薬を懐に抱えるようなものだった。信頼関係の築きようもなく、組織立った行動は到底望むべくもない。

では刑罰や人質といった手段での強制はどうかと言えば、これもまた無益だ。自由意志によらない我法は、その作用を著しく減じてしまう。戦力として求めた牙を引き抜くようなやり口で、つまりは愚の骨頂である。斯様に我法使いとは扱いにくい。

だというのにイムヘイムは、やや破綻しつつもロードシルトに従順なのだ。余程強力に目的が合致するに相違なかった。ロードシルトの示威やカナタへの牽制といった当たり前の理屈には留まらない、もっと深い企てが横たわると見るべきだろう。

無策に誘いに乗るのは、斯くも剣呑な敵の腹中へ自ら躍りこむようなものである。

だがだからといって、拒絶は下策だった。

初手からしてこのやり口なのだ。カナタを舞台に引きずり出すためならば、ロードシルトは手段を選びはしないだろう。魔手は次こそ、戦う力のない者を選んで襲うに違いなかった。

加えて、クランベル本家からの横槍も避けられまい。事実本家よりの書状には、セム家を圧迫する旨を匂わす文言が記されていた。

無辜の人々に、そして彼女に万一があったなら、カナタとしては悔やみきれない。

「僕は行くべきだと思うし、行きたいと思います」

カナタの参加とは、即ち都市防衛力の低下である。また、三ヵ国の民衆に顔を知られていないとはいえ、ラーフラはおいそれと連れ回せる存在ではない。当然テトラクラムに残す以外の選択肢はないのだが、そうなれば都市の住民は強い不安を抱くだろう。

その点は理解しつつ、カナタの目はラムザスベル行きの利に着目している。

まず第一に金銭。

優勝者には半分殿——ロードシルトに叶う限りの金銭を贈るとの言いがある。テトラクラムにとってその財貨はまたとない福音だった。

第二が情報。

ラーガムはかつて、大樹界奥地へと探索の手を伸ばしている。この折に部隊を率いた人物こそがグレゴリ・ロードシルトなのだ。クランベル本家の干渉によりカナタには閲覧できないままの知識が、彼との接触で入手できる可能性があった。

そして第三は雪辱だった。

これはカナタにしか益のない、利と呼ぶには些か躊躇するものだ。

だが最も根本的な部分。聖剣だの政治だの、それどころか剣士としてですらない、稚い少年の部分で、彼はイムへイムに勝ちたいと願っている。

言ってしまえば、つまらない見栄と意地だ。

だが負けたままでいられなかった。無様を見せただけで終わりたくはなかった。

かつて魔皇に挑んだ折の、ケイト・ウィリアムズの姿を思い出す。

百鬼万怪と対峙する横顔に、恐れの色は少しもなかった。恬然と、透き通って笑んですらいた。

けれどオショウが現れたその時、彼女はふっと生のままの、少女らしい表情を見せた。変わらず絶体絶命の窮地にあって、ケイトが浮かべたのは心からの安堵であり、安心だった。オショウに対する、揺るぎない信頼の産物に他なるまい。

あの時から、カナタは隔絶した強さに憧れている。せめて好いた人の不安を拭えるようになりたいと望んでいる。

だからこそ剣には剣で、自らの手で恥を雪ぎたく思う。

「…………」

けれど幼馴染みをちらりと見やれば、面持ちには判断を迷う色があった。己の未熟がもたらす惑いだろうとカナタは受け止め、同時にふと考える。

もしも、自分が法に至れたら――。

「やめておけ」

過った了見を妨げたのは、見透かした魔皇の一声だった。

「カナタがここを離れるのには、反対？」

「いいや、そちらではない」

小首を傾げたイツォルに否定を告げ、ラーフラはカナタへ厳しい視線を向ける。

「聖剣。君は今、我法を得ようと思ったな？」

「……はい」

「あれは毒だ。もう一度言う。やめておけ」

腕を拱いて、頭を振った。

「法に至る過程はまだ解明されていないはず。どうして、貴方がそこまで?」

怪訝を浮かべてイツォルが問う。

我法を得るまでの道程は不明にして不定だった。我法使いのほとんどが、自身が法に至った経緯に無口であるため、ただ天与の才覚の他に強烈なきっかけを要すると語られるばかりである。だというのに、ラーフラの言葉はあまりに強い。まるで誰よりも、そのことを知悉するようにすら聞こえる。

「あれは歪みの表出だ。欠落の果て、自らの色で世界を塗り潰すほどの個我を得てようやくに発現するものだ。ゆえに欠けて、飢えている。誰とも分かち合わず、誰とも共感せず、ただ己のみの世界を彷徨い、埋まらぬ虚に贄を盛る。そのような代物だ。変わらず、変われず、最早死人と遜色がない」

直接には答えず、だがラーフラは我法使いの内実を断言してのけた。

そうして大きく息を吐き、不遜めいて椅子にもたれる。

「もし君があれに至ろうとするならば、手始めにそこの懐刀を失う必要があるだろう。無論、ただ亡くすのではない。全身の皮膚を剝がれ、それでも生きたまま打ち捨てられたその娘が苦悶のうちに息絶えゆくさまを、救うことも殺してやることもできずにじっくりと眺め続ける。そのような欠落を経るのが第一歩だ。何のために力を欲するかを思えば、随分と馬鹿げた話だろう。君の価値も強さも、そこにはあるまい」

「仰(おっしゃ)る通りです」

魔皇の語りが真実ならば、まさに滑稽の一言だとカナタは思う。

浅はかに欲した力であるが、それは目的ではなく手段である。対価が守りたいものその人だというのなら、到底成立する取引ではない。

「馬鹿げてる」

押し黙る彼の代わりに呟いたのはイツォルだ。

「それはありえない仮定。だってカナタを苦しませる死に方をするくらいなら、わたしはその前に舌を噛むから」

「千里眼。君のその思想を、ある意味法などよりも恐ろしく思うよ」

芝居がかって両手を広げ、魔皇は肩を竦めてみせた。

「イっちゃん」

「はい」

「駄目だからね、そういうのは。僕が絶対なんとかするから、そういう時でも諦めないで信じて欲しい」

「ん」

小さく頷き、彼女は微笑む。ラーフラがもう一度、処置なしとばかりに肩を竦めた。

「とまれ、競う相手にも勝ち方にも拘(こだわ)るが主義だ。天を争うなら斯様な死人とではなく、君たちのような雄敵とでありたいと願っているよ」

「貴方に案じられるのは、どうも妙な気分ですね」

含羞(はにか)むように少年は額を掻き、これを無視して魔皇は言葉を続ける。

「そもそも万能の打開策を求めるのなら、もっと賢く簡単な手立てがあるだろう？」

当てつけがましく喉頸を見せつけ、ラーフラはそこに嵌まった金環をとんとんと指で叩いた。

「君の聖剣ならばこれも断てよう。私を解放するがいい。そうすれば都市の守りも大樹界の開拓も、我法使いの始末も君たちの故国の片付けも、一切合財を私が担おう。ああ——君たちふたりが存命のうちは、決して必要以上の害を人には為さぬと誓うとも。こう見えて私は、友人との約束を守る性質(たち)だ」

蠱惑的な声音で、冗談とも本気ともつかない誘いをかける。

気軽めくそれが、決して大言壮語でないのが恐ろしいところだった。元より彼は単身で、人類を殲滅(せんめつ)しうる魔皇なのだ。

「カナタ」

「うん、安易はやっぱりいけないね。実例を示されて頭が冷えたよ」

「大体我法だなんて、自分だけ強くなる手段は悪手。わたしを置き去りにするのは駄目。いい？」

「はい。大変よくわかりました」

「よろしい」

だが対する両名は意にも介さない。むしろ長閑にじゃれあう始末である。それもそのはず、ラーフラの提案はテトラクラム建造着手以来、幾度となく繰り返されてきたものだった。あまり馴染んではならぬ言い口なのだが、正直もう慣れてしまっている。

肩を透かされた魔皇は鼻を鳴らし、「話を戻そう」と呟いた。

「聖剣がラムザスベルに赴く件については、私は賛成だ」

「資金と大樹界の情報。僕はこれを利得と捉えましたけど、貴方は他に何かありますか?」

「加えて、君の懐刀がラムザスベルを闊歩できるという点だ。セム家の人間が警戒を受けるとは聞き及んでいる。だが聖剣、今回はあちらよりの招待だ。是非とも招きたい君が伴侶を連れ立った程度で、追い返せるはずもなかろう」

優れた目と耳は、セム家の家伝霊術の一端に過ぎない。その本質は隠行術であり、諜報術だ。これが広く知られるがゆえに、彼女の一族は他都市滞在時、常に所在を明らかにする義務が課せられている。猜疑の視線も一方ならず、城壁内へ足を踏み入れることすら拒絶される場合があった。

だがラーフラの言う通り、今回は事情が違った。相手は訪問を依頼する立場であり、しかもイツォルはカナタのパートナーとして周知されている。下手に拒んで本命のカナタに退去の大義名分を与えては思惑が狂おう。大手を振ってロードシルトを探るには、確かに絶好の機会だった。

ラーガムの主流はクランベルであり、半分殿である。しかし貴族の全てが彼らの傘下というわけではない。テトラクラムに肩入れしないまでも、大派閥と非友好的な向きが中にはある。小石ひとつの波紋で勢力図が書き換わるのが、政治という魔物の住まいだ。ラムザスベルの内情を摑んでおくことは、そうした小勢力との結託に有益となるはずだった。

「待って。でも、わたしは行けない」

けれど、ここで否定を述べたのが当のイツォルである。

「わたしがいないと、哨戒に穴が開く」

「問題ない。不在中、都市は私が庇護(ひご)しよう。君たちの敬意と厚遇を、私は正しく理解している。その返礼に、少しばかり便宜を図ろうというのだ」

対するラーフラの言葉は、些かならぬ驚きを伴うものだった。

今までも彼は、テトラクラムの防衛に力を貸してはくれていた。しかしそれはあくまで手助け、カナタが主体として行う活動を支援する形である。そのラーフラが積極的に動くと言うのだ。申し出としては願ってもないことだが、一体どうした風の吹き回しかと、カナタとイツォルは揃って顔を見合わせる。

「理解が足りぬようだな。では、有り体に言うとしようか」

若干ならぬ呆れを含んで、ラーフラは手を組み替えた。

「このままでは、君たちの破滅は目に見えている。聖剣の状況はわずかばかり改善されたようだが、千里眼、今の君は限界まで荷を載せた騎獣に等しい。あと藁束(わらたば)一筋でも重みが加われば、限界を超えてその背は折れる。心身共に疲労が蓄積しているのは瞭然だ。その様子では、聖剣の諫めも容れていまい」

「でも、それは」

「努力するという言いは、何もかもを独力でこなすという意味合いではない。無理をしないとの言いが、何もしないことの同義ではないように」

口に出しかけた反論を切り捨てられ、イツォルが縋るようにカナタを見やる。しかし彼もまた、魔皇に同調するのは明らかだった。

「イっちゃん、この間の約束は？」

「それは、その……」

咎める調子で指摘された約束とは、適宜人を頼んで休息を取ることとの言い交わしである。

「ごめん。言うだけじゃなくて、僕がきちんと見るべきだった。君がそういう子なのは知ってたんだから」

もっとも、イツォルの具合に気づけていない時点でカナタの側の立て込みも推して知れるのだが、怒るよりも悲しむ風情で俯かれてしまえば、もう彼女に継げる二の句はない。

「そういうことだ、千里眼。もし君ひとりが哨戒に当たる折、無理が祟って倒れたならばどうなるか。君が処理していた物事が、更に聖剣の肩に載ればどうなるか。充分に想像がつくことだろう？加速した獣車が不意に車輪を失うようなものだ。君は自ら破滅を招こうとしている」

我が意を得たりとばかりに少年は頷き、それからはたと気がついた。

「もしかして僕たちに、骨休めをしてこいと？」

「然りだ。休暇と呼ぶには危険の多い旅程だが、君たちはしばらくここから離れるべきだ。テトラクラムは、聖剣と千里眼に頼らぬ歩みを知る必要がある。君たちも無論、人の使い方を学んでゆかねばなるまいが」

「…………」

「…………」

ラーフラの発言に、もう一度ふたりは顔を見合わせた。目を瞬かせてから、くすりと微笑む。

「誤解があるようだが、全ては私のためにすることだ。今は雌伏の期間に当たる。その間の住環境を快く保つ必要があるのだ。理解できたか？　君たちの失態を防ぐのは、予想される後任よりも君たちが扱いやすいと見るからだ。つまりこれは侮りなのだよ」

彼の行動を、親切と解釈するのは危険だろう。或いは魔皇に都合よく思考誘導されている可能性がなくもない。

けれど確証はないままに、ラーフラのこうした側面は信頼してもいいのじゃないかとカナタは思う。

元より少年の主張は、「相容れなくても信頼して信用できる部分がある」なのだ。根拠も何もない、ただ楽観的なばかりの未来図を描く悪癖は、今に始まったことではない。

「わたしも、ラーフラを信じる」

ゆえに意外だったのは、イツォルのこの言いだった。カナタが思わず目を丸くして、ラーフラもまた、可笑しそうに片眉を上げる。

「君が私を？　これは思いもよらない言葉を聞いたものだ。虚言を弄して君たちを遠ざけ、人心を掌握し都市を掌中に収めるべくの姦計とは考えないのか？」

お人好しでお気楽な幼馴染みに代わり、魔皇を猜疑するのがこの少女の役柄だった。そのような反応が出るのも無理なからぬところであろう。

「思わない。わたしが信じるのは貴方の戦略眼。ここで動くのは悪手でしかないもの。それに」

言葉を切って、イツォルは思わせぶりな笑みを湛える。

「もし貴方が悪さをした場合、わたしには報復の用意があるから」

剣呑に目を細め、威圧のように魔皇は卓に身を乗り出した。

「これは強く出たものだ。是非お聞かせ願おうか。私が悪辣を行ったとして、君に何ができ――」

「オショウ様に言いつける」

ぴたり、と。魔皇の動きが凍りついた。

錆びついた金属を無理に動かすような硬い動きで頭を巡らし、強張った面で問い直す。

「今、なんと?」

「オショウ様に言いつける」

「あ、いや、ホントごめんなさい。すみません。調子に乗ってました。はい、反省してます。それだけは勘弁してください。いや、ホント、ホントに反省してるんで……」

それは、さながら条件反射だった。一体どのような記憶が魔皇を苛んだのか。椅子を蹴立てて直立不動となった彼は、深々と頭を下げて躊躇いのない陳謝を開始する。

「え、あ、ううん。こっちこそごめんなさい。まさかそこまで折れてるなんて、思わなくて……」

あの折の有り様を伝聞でしか知らぬイツォルには、想定外極まる反応である。虎の威を借るではなく、単なる冗談口のつもりだったのだ。魔皇の平身低頭という事態に動揺し、釣られる形で思わず詫びる。

ラーフラに対する傍若無人の武勇を目の当たりにしたカナタにすれば、苦笑と同情を捧ぐよりない情景だった。やれやれと首を横に振ってから、思う。

眼前の光景は、本来ありえなかった未来だ。オショウの力があればこそ得られたものだ。

今は未熟で至らず、助けられてばかりの我が身だけれど。いつか自身の強さと価値の在り処を見出し、彼のような振る舞いを為せるだろうか。

帯剣の鞘を撫で、少年は静かに先を見据える。

まだ底の知れない、ラムザスベルに蟠る悪意。これに立ち向かうことが道を拓く一歩となるなら、竦んでばかりはいられなかった。

己の根を思い返し、カナタ・クランベルは柔らかに笑む。

——あの子に、いいところを見せたい。

自分の動機なんて、所詮その程度のもので。

だから彼女が共に来てくれるなら、なんだってできるような気がしていた。

3. 蔓延(はびこ)り、満ちる

「説明してもらえるかね、セレスト」

王都アーダルを離れるなり振り向いたミカエラの視線には、気の弱い者なら睨(ね)め殺しそうな威圧がある。だが先行する霊術士は騎龍に跨ったまま振り向くと、涼しい顔で手を振ってのけた。さして速度は出していないとはいえ、片手で手綱を握っての余所見である。

「オレの腕なら、アプサラスで生やしたっつったろ。なかなか見物(みもの)だったぜ、切り口から赤ん坊みてェな手が生えてくるってのはよ」

その光景を想像したのかそれともセレストが腕を失った責を感じたのか、弓使いが苦い顔をする。

「そっから機能回復にも付き合ってもらったしよ、まったく、ウィリアムズのお嬢ちゃんには頭が上がらねェな」

我が手に目を落とし、セレストは握って開いてを繰り返した。

魔王隷下五王六武との戦闘で失われた腕は、アプサラスの医療霊術により取り戻すが叶った。以前とまるで遜色ないふうに修復をされている。

が、寸分違わぬとはいかないことを、ミカエラの眼力は見て取っていた。

治癒霊術とは対象の霊体形を汲み取り、残留する形状に合わせた復元を行う術式だ。発生する回復作用は自然治癒の促進を遥かに上回る効能を備え、手指の爪程度なら即時に再生してのける。

しかしセレストのような大欠損は霊体にも損傷を与えるため、通常の術式では癒やしきれない。

こうした負傷に対応するのがアプサラスの独自術式だった。

被術者から切除した肉片を、残留霊素形を参照しつつ霊術的に捏ね回し、欠損部位に適合する器官を生成。これを本人に移植し、できあがった箇所を高速で成長させ補完するやり口だ。

無論、この方式にもデメリットは存在する。

その最たるものは、再生部位がほぼ一から育て直しとなる点だろう。

筋力が著しく低下するのみならず神経的接続に拭いえぬ違和感が生じ、元通りに動かせるようになるまで、個人差はあれどもおよそ数ヵ月のリハビリテーションを必要とした。このためセレストがアーダルに帰還したのも、つい先日のことである。

「興味深い体験談ではあるし、ウィリアムズ君とアプサラス王には、改めて礼状の手配もした。だが私が尋ねたいのはそちらではない」

「じゃあなんだってんだ、ミカ公。いつもながら細けェな」

「？　？」

やれやれと言わんばかりなセレストの声と同時に、彼の背に張りついた小柄な少女が、緩くウェーブのかかった髪をなびかせて見返った。小器用にも騎龍に揺られたまま、もの問いたげに首を傾げてみせる。

「そんなもの、わかりきっているだろう！　どうしてネスフィ……ネス君がここにいるかについてだ！」

この娘の名を、ネスフィリナ・アーダル・ペトペという。カイユ・カダイン直系血族にしてアーダルの第三王女殿下だった。

霊動式封入甲冑に乗り込み魔皇征伐に参戦した英雄のひとりだが、五王六武との激戦において彼女を封入する甲冑は大破。修理完了までは戦力として扱わず、王宮で姫君に相応しい暮らしを送るはずの人物である。

「ああネス公か。いや、こっち来る前によ」

ミカエラの怒声に、やっと思い至った顔でセレストが嘯いた。

「ちょいと顔出して、『暇なら一緒に来るか』って訊いたら頷くもんだから」

「王宮に忍び入ったのか！　その上無許可で連れ出したのか！」

「落ち着けミカ公。血管切れんぞ」

「誰の！　せいだと！　思っている！　……どうして君はそう大雑把なんだ……」

声を張り上げてから額を押さえ、弓使いが呻く。

セレストと行動を共にすることの多いミカエラ・アンダーセンだが、本来は彼はネス付きの守護騎士であった。当の王女を拐かしたと公言されれば、発して当然の激情と言えよう。

「大体、今回の調査は先の魔皇征伐とは違うのだ。我々だけの行軍であり、調査なのだぞ。食料も野営の準備も最低限と知っているのか」

「そりゃまあ、見りゃあわかるがよ」

「いいや、君はわかっていない。となればネス君に相応しい食事も満足な寝床も、私は用意できないのだぞ。そもそも船でも獣車でもなく、直接龍に乗せるとは何事か。せめて被り物くらいは用意したまえ。日差しと風で髪も肌もいたんでしまう。なんとお労しい」

「…………」

「！」

力説に霊術士は呆れ顔で肩を竦め、ネスは彼の袖なし外套に摑まったまま、へいちゃら平気とばかりに反り返って胸を張ってみせる。

「要はとっととひと仕事終えて、アーダルに戻りゃ問題ねェって話だろうが」

吐き捨て、セレストは龍に拍車をくれた。急に増した速度に慌て、ネスがぎゅっとしがみつく。

——お人好しめ。

胸の内だけでミカエラは呟く。

獣狩りの戦力として見做されることからも知れる通り、王宮においてネスの扱いはよいものではない。魔皇征伐への参戦が叶ったのも、一種彼女が厄介な存在であるからだ。調整ずみの身の上なれば、他都市へ嫁がせる駒としても機能しない。魔王拿捕の英雄などという付加価値がついたところで、煩わしい忌み子扱いに変化はなかった。

恐らくセレストは、やむをえぬ治療上の理由とはいえ、そのような娘を長らく放置したことを気に病んでいる。それでわざわざ恩赦をふいにする振る舞いまでして、ネスを強奪したのだと思われた。

　もっとも以上は勘繰りに過ぎず、全てはいつもの気まぐれで終わりかねないのがセレストの一番怖い部分であったが。

　だが少なくともそこには、彼一流の計算が横たわるのだけは確実だろう。

　セレストの行為は、示威と服従を同時に含むものとして間違いがない。

　王宮の警備すら歯牙にかけない部分を見せつけ、自身の危険度を思い知らせる。その上で罰として課される役(えき)を不服げながらも受容して遂行し、上層部に、我が国の権威は太陽すらも従えるのだと都合のよい誤解を与える絵図だ。

　如何に調整措置のメンテナンスという首輪を嵌め、人質として関係者を押さえたところで、殊勝になるはずがないのがセレストである。上は、それをまるで理解しないのだ。

　確かにその気になれば、自身を縛るもの悉くを焼き払うだけの火力をセレストは有している。恐れ危ぶむのは当然だが、彼をそのようにしたのはアーダルなのだ。自業自得もいいところだとミカエラは思う。

　斯様な短絡を行わせぬよう、この騎士はアーダルの太陽を監視する役目を負っている。が、実際のところ彼の心情は、国よりも友人へ寄り添っていた。

「問題しかない気がするが、迅速な対処という意見には賛成しよう」

　ミカエラは手綱で己の龍をひと打ちし、ふたりに並走する。その姿を横目に、口の端(は)だけでセレストが笑った。

セレストとミカエラに課せられた任務は、アーダルとラーガムを結ぶ街道上で消えた隊商の調査である。

捜索ではなく調査である点に、この仕事の性格が表れていた。消息を絶った彼らは、既に死亡したものとして扱われている。

この街道は大樹界に沿う。ために行き来の商人が界獣魔獣の類にひと呑みにされることは、残念ながらままあった。

もちろん路傍には獣除け（けものよけ）を施した霊術針が埋設され、衛士や巡礼により随時メンテナンスを施されてはいる。だがこのような持続的かつ簡便な術式で打ち払えるのは精々小型の獣まで。中型以上は意にも介さず、折に触れては横行した。

ゆえに陸路を行く旅人には、都市間の移動において出立の記録と、旅程で目にした情報の報告が義務づけられている。

これは犯罪の防止ではなく、単純に生き死にを知るための規程である。行方を絶った場合、これらから事故発生地点を推測し、危険区域を割り出すのだ。

今回起きた商団の消失も、こうした資料から判明したものである。都市間で定期的に行われる鳥による伝書の照らし合わせで、ラーガムを発ったいくつかの隊商がアーダルに入国していないと判明したのだ。

本来ならば、生き残りなく商団丸ごとを飲み干すような大型界獣の出現を警戒する報せである。

もし人の味を覚え、たびたび襲撃を繰り返す界獣の生息が予想されるのならば、軍を率いて討伐し、陸路の安全を確保する必要がある。

が、この件は少しばかり様子が違った。

逆にアーダルを発ちラーガムへ向かう旅人は、ほとんどが無事到着しているのだ。また誰ひとり、道中において大規模な界獣襲撃の痕跡を見ていない。

つまりはアーダルを目指す者ばかりが、煙のように消え失せているということになる。獣以外の意図的な関与が疑わしい事態だった。

よってセレストたちは国境最寄りの都市であるラムザスベルまでのルートを自身で辿(たど)り、道中で入念な探索を行うことを予定していた。

もっと大人数を繰り出すべき任と思えるが、そこを補うのがミカエラの視力だ。払暁から日没まで、大樹界に若干踏み入りながら彼を先頭に調査を行い、夜が訪れてのちはセレストが煮炊きを請け負いつつ寝ずの番をする。

彼らが実行するのは斯様な旅程であり、役割分担というにはあまりに過酷な、この二名でなければ体力の続かぬようなやり口だった。事実、尻馬に乗っていたネスは一日目にして体力が追いつかなくなり、セレストに抱えられてうつらうつらと移動するような有り様である。

これを、「封入甲冑(本体)がないと何の役にも立たねェな」と揶揄(やゆ)され、むくれて以後は薪集めに賄(まかな)いの手伝いにと精を出していた。

「ネス君がそのような真似をしなくてもいいだろう。私が代わりに……」

などと口を挟んだ弓使いもいたが、

「餓鬼が何にもできないまま育つのをお望みかよ。覚えといて損はないだろ。そもそもお前は根本的に料理ができねェんだから、黙って寝てろ」

とたちまちに切り捨てられている。当のネスがやる気を見せている以上、ミカエラとしてもそれ以上は言い立てられないことだった。


ミカエラの目があるものを捉えたのは、このようにしてラムザスベルへの道程の半ばほどを踏破した頃だった。

それは街道を外れ、大樹界の下生えを踏み潰すいくつもの轍である。アーダルへ向かう獣車が、ふと思いついて樹界への侵入を試みた。そうとしか思えぬような足跡だった。命を惜しむなら到底しないような振る舞いである。

跡はまだ新しく、消え失せた人々ではなく、これから消えようとする隊商のものと思われた。

表情を険しくしたミカエラが手を上げ、注意を促す。頷いてセレストが騎龍の歩を緩め、ネスを軽く小突いて起こす。うとうとしていた娘はびくりと目を覚まし、落騎しかけて慌てて彼の腕にしがみついた。

「大樹界ん中か」

「ああ。どうする？」

「追うしかねェだろう。まだ生き残ってる可能性もある」

やりとりを交わしつつ、彼らは下馬してそれぞれの支度を備える。

ミカエラが五人張りの弓に弦を張るうちに、セレストは杖に霊素を集積し、小ぶりの短刀をネスに投げ渡した。手近な灌木に龍を繋ぎ、獣車の跡を追って樹界へと踏み入っていく。周囲を警戒しつつ進むうち、程なく彼らは数台の獣車に行き会った。

「あー……」

一瞥するなり、珍しくもセレストが逡巡を漏らす。ネスの両肩を掴むと、その体をくるりと百八十度回転させて目を逸らさせた。

「!?」

「餓鬼の見るもんじゃねェ。ミカ公、お前はネス公についててやれ」

そこにあったのは、無論車体だけではない。それに乗り合わせた人々と、獣車を引く騎獣の死後間もない骸もである。このいずれもが、死を見慣れた霊術士に眉をひそめさせるものだった。

車周りに散らばるそれらは、大半が顔を歪めている。比喩ではない。まるで粘土細工のように、彼らの頭蓋骨が皮膚の下で奇態に変形しているのが見て取れた。これ以外に外傷はなく、突然見えざる手に体の内側を捏ね回され、恐ろしい苦痛に見舞われて車外に飛び出し息絶えたとしか思えぬ様相である。

死体のいくつかは頭部に歪みを持たなかったが、逆にこれが異常だった。

その全てが、厳めしい老人の顔をしているのである。

元よりの容貌でないことは明らかだった。何故なら死せる老人の面は、どの屍のものも鏡に映したように同一なのだ。しかもこの相貌を宿すのは人のみではない。地に打ち伏して息絶える騎獣のうちにも、頭部に同じ人面を現しているものがある。

生物の頭部をこの老人の形に成形する芸術家がおり、歪み果てた死者の頭部はその失敗作であろうと憶測するしかないような惨状だった。商団の骸を嗅ぎつけた界獣が未だ現れぬのも、獣たちがこの異常性を察するがゆえではないかとすら思われる。

「観察ならば私がより適任だろう。ネス君には、君が侍りたまえ」

より詳しく見定めようと、ミカエラが足を踏み出した瞬間だった。

「‼」

何かを感知したネスがセレストの胸を叩き、応じて咄嗟に展開されたドーム状の簡易障壁に、四方からいくつもの鍔のない短刀が打ち当たる。

木立より飛び出した、影たちの投擲したものだった。弾かれて地へ転げた刃にはどろりとした粘液が絡みついている。得体は知れぬがまず毒の類であろうと思われた。

襲撃者たちは、いずれもが異装である。

霊術紋を織り込んだ親指幅の細長い布を、きつく全身に巻きつけていた。それは手指の先から顔にまで及び、目だけを覗かせる覆面の如き様相を呈している。

「ミカ公！」

「承った」

奇襲を凌がれた彼らが次の動きを見せるより早く、霊術士が叫んだ。間髪容れずにミカエラは頷き、単音節の術式で指の間に矢を生成。まさしく矢継ぎ早の仕業でこれを射る。

ただし、標的は襲撃者ではなく後背の巨木だ。弓使いは射込んだそれを足場に、水平の床を走るようにして見る間に樹上へ駆けのぼり、張り出した太い枝に陣取った。絶対の高所という狙撃地点を確保した格好である。雨あられの矢をそこから降らす構えだった。

追おうにも、幹を穿った矢は既に霧散して霊素に還り、足がかりとなるものは最早ない。悠長に木登りなど始めようものなら、直上のミカエラのいい的となるのが明白だった。無論、セレストも、黙って見守りなどすまい。

不意を討った側が唖然と足を止めるほどの対応速度だった。そしてその一瞬の空隙を逃さずに、ミカエラが弓を引く。正確無比の一矢が、直後包帯巻きの頭部を四散させた。

わずかな動揺が走ったが、襲撃者たちもさる者である。

即座にターゲットをセレストとネスに絞り、腰物を抜き放って殺到する。樹上は一旦捨て置いて敵を削り、狙撃手を孤立させようという意図であったろう。

「！！？？」

対してセレストは杖も構えず、適当な荷物のようにネスを小脇に抱え上げた。歳の割に随分と彼女は小柄で、霊術士の腕力でも運搬は容易である。

じたばたともがくネスを、「大人しくしてろ」と叱りつけるセレストに、近接戦闘の備えがあるようにはまるで見えない。

だが容易い相手と襲撃者が踏み込んだその瞬間、大地が火を噴いた。肩ほどの高さまで噴き上がった炎は、迂闊な接近を試みた男の半身を炭化させつつ吹き飛ばした。

「言い忘れてたが、足元注意だ」

物騒な笑みを浮かべ、セレストが言い放つ。

これは襲撃者たちがミカエラの疾駆を見上げる間に埋設した、地雷火の作用だった。地中に浅く埋まった火は、振動と加重に反応し、指向性を持って爆裂する。

その威はまさに今、示された通り。更には接触をトリガーとするため、発動はセレストの意志にも知覚にも左右されない、全方位に対応する防壁として機能する霊術式であった。

「だから暴れんなっつってんだ。絶対に落ちるんじゃねぇぞ」

「……!!」

再度言い聞かすセレストに、抱えられたネスがこくこくと頷く。いっそ微笑ましいような光景を前に、男たちの足が止まった。どこに仕掛けられたとも知れぬ罠を前に、平然と歩を進められる人間などそういない。

だが彼らの静止の一瞬を縫い、またしてもミカエラの矢が飛んだ。彼がよっぴいてひょうと放つたび、襲撃者の頭が爆ぜてゆく。

行くも死、行かぬも死の状況に、だがまだ抗う者がいた。

圧縮詠唱により術式を執行し、身体能力を強化。高く跳ねて、頭上よりセレストを刺殺せんと試みた。

鉄壁の籠城は動きの不自由に通じる。彼はセレストを、自ら袋小路に飛び込んだ痴愚と踏んだ。地雷原の中心に立つ以上、どの方向へも機敏な回避は行いがたいに決まっているのだ。加えてその足元は、埋設のない確実な安全地帯であろう。

が、その意に違って、セレストは滑るようにひょいと動いた。

地雷火と浮遊霊術との同時執行。大地を踏みしめるようでいて、霊術士の体は地表からほんのわずかだけ離れて浮いている。自らの足で立つと見せかけていただけに過ぎない。

標的を喪失した襲撃者が、このの ちの運命を悟って絶望の呻きを漏らす。此度はその思案に反せず、再び火炎が噴き上がった。

「で？　なんだってんだ、お前らはよ」

たちまちに頭数を半減し、凍りついた襲撃者らへ向けてセレストが問う。

ちらりと横目で折り重なる隊商の死体を見やり、

「ま、訊かずともある程度見当はつくな。証拠隠滅にいらっしゃったラムザスベルの方々、ってとこか」

「…………」

放たれた言に、襲撃者たちは答えない。この場合の沈黙は、雄弁なる肯定だった。

「じゃ、悪いが……いや、別に悪かねェか。お前らふん捕まえさせてもらうぜ。大人しく縛につくなら──」

「そうはいかん」

新たな声が割って入ったのは、セレストが降伏勧告に切り替えたその時だ。

声の主は、この大樹界において全身鎧を着込んだ男であった。恐らくは紋様術式による形状切り替えを用いた武装であろう。人並み外れた巨軀(きょく)が、甲冑の威容で更に大きく目に映る。

「……厄日かよ。次から次へとなんだってんだ」

軽くあしらえた包帯巻きどもよりも、数段上の相手であると一目で知れた。セレストばかりでなく樹上のミカエラもこの男へと照準し、精神的束縛から脱した襲撃者たちが四方へ逃げ散る。余程この全身鎧に信頼を置く様子だった。

「知る必要はない。アーダルへ近づけすぎたは我が身の不覚。だがそれはこの場で拭おう。お前たちの口はここで塞ごう」

短距離走者がスタートを切る直前のさまに似て、鎧の男が身をぐっと沈める。不可思議にも彼は、鎧以外の武装をしていなかった。お陰でどのような攻撃が来るか予測がつかない。

だが少なくとも、先の地雷火は目撃しているはずだった。ならば初手は遠距離からの飛び道具か霊術砲撃と踏み、セレストは障壁の準備を整える。だが。

「誰にもあの方を阻ませはせん。そして、」

男はそのまま駆け出して、セレストへの突撃を敢行した。走り端(ばな)を咎めてミカエラの矢が空を裂く。しかしこれは鎧の男に何の痛痒(つうよう)も与えなかった。

まるで上位魔族の干渉拒絶が如く、一矢は鎧に弾かれて、男の速度は緩まない。先よりのミカエラの強弓を鑑(かんが)みれば、明らかに不自然な現象だった。

躊躇なく、彼はそのまま地雷原を猛進する。加わった振動に反応し、立て続けに炎術が爆裂し爆裂し爆裂し爆裂。束となって空を焦がさんばかりの紅蓮(ぐれん)を放つ。

その火炎地獄を駆け抜けて、男はなお無傷だった。あれだけの霊術を浴びれば、当然金属は着用できぬほどに熱される。けれど磨き上げたような鎧からは湯気も上がらず、煤(すす)ひとつない。

「――誰も俺を阻めはせん」

「そうかい」

伸び来る黒鉄(くろがね)の籠手を眼前に、セレストはにいと笑った。

彼が杖の尻で地面を突くなり、信じがたい速度で周囲の霊素が圧縮される。術者の意を受けた霊素は霊力へと置換され、数十の炎珠(えんじゅ)が、たちどころに宙に生じた。物理的接触により炸裂(さくれつ)する剣呑な火球ひとつひとつが、地雷火を数倍する破壊を内包している。

障壁外に執行したこれを、セレストは一斉に男へ叩きつけた。生じた爆風を浮遊を維持したまま巧みに受け、ネス共々大きく後方へ飛び退(すさ)って距離を取る。

アーダルの太陽と称される炎術士の集中砲火は、さしもの鎧男も無効化とはいかなかったものらしい。踏みしめた足で地を削りつつ、後方へと押し戻される。

が、それだけだった。

「無駄なことだ」

彼は傷ひとつなく、傲然とまだ立っている。

「剛法(ごうほう)・無道鎧(むどうよろい)。お前たちに死よりの他に道はない」

「おいおいなんだよそりゃ、と言いたいとこだが」

杖を上げてミカエラへ合図を送りつつ、セレストが嘯く。

「干渉拒絶の亜種って感じか？　ありふれた発想の我法だな。威圧感はちょいとあったが、アレに比べりゃ迫力が乏しい」

言いながら思い浮かべたのは、短距離転移で逃げ惑う魔皇を追い詰めるオショウの姿だ。真っ正面から相手の攻勢を封殺するこの男のスタイルは、かの僧兵に相通じる部分があった。

セレストが今の一手を躱しえたのも、オショウのあの戦いぶりを見、そうした相手への対策を考慮していたからに他ならない。さもなくば彼は逃れきれずにあの腕に捕らわれ、死なぬまでも痛打を受けていただろう。

「ほう……」

セレストの戦い慣れに対し、全身鎧が感嘆めいた声を漏らす。霊術士より目を切って、樹上のミカエラを見た。

直後、重い金属を纏うとは信じられぬ速度で彼はまたしても猛進し、弓使いの陣取る巨木へ肩口から打ち当たる。

「なんと！」

「！！？？」

ミカエラとネスが、同時に驚愕（きょうがく）を上げた。勢いに任せたその突撃は、大樹を揺さぶるどころか、ただの一度にへし折ってのけたのだ。

動揺しつつも倒れゆく枝を蹴り、ミカエラが宙を舞う。その着地地点へ目掛けて鎧男は追撃し

——。

「そこまでにしときなせぇ」

またしても割り込んだ声に、ぴたりとその動きを止めた。

セレストからもミカエラからも注意を外して声の主を振り返ったは、自身の法に絶対の自信を抱く我法使いらしい傲慢であろう。

「何故止める」

「お手前の恣意に振る舞えば、またぞろでしくじりやすぜ？」

セレストの霊術式に代わってミカエラの窮地を救ったのは、四十絡みの男であった。何を詰めたものか、背には柩めいた足のない長櫃を負っている。

身に纏うのはごくありふれた貫頭衣だが、油断なく棒をひと振り携えていた。杖ではなく、棒術に用いる品である。剛強な木材に金輪を嵌めた、剣呑な打撃武器だった。

「……承知した」

しばしの逡巡ののち、鎧の男が首肯し、引き下がる。

へぇ、とセレストは片眉を上げた。我法使いが人の意を容れるとは珍しい。

「あの方」なる発言から察するに、無道鎧には忠誠を向ける相手がいる様子だった。我利ばかりを法とすることの多い我法使いだが、このように他者にそのありようを捧ぐ例もある。

信奉や恋慕といった感情から発した我法は、強く対象に尽くすものとなるのがほとんどだ。棒術使いの諫めに肯んじた理由も、恐らくはこの辺りにあるのだろう。

「おっと」

あっさりと撤退した無道鎧から警戒を転じられ、長櫃の男が剽(ひょう)げた仕草で肩を竦めた。

「手前には兄さん方と、戦(や)りあうつもりはござんせんよ」

「次から次へと仕掛けておいて、よくもまあ臆面もなく言えたものだ」

まったく信じず、ミカエラが鏃(やじり)を向ける。抱えていたネスを下ろし、セレストも新たに障壁を展開していた。無論、散ったと見えた包帯巻きどもの再襲撃に備えてのことである。

ふたりの構えを眺め、男は、ふむ、と諦めたように息を吐いた。

「ご歓談と洒落(しゃれ)込(こ)みたくもござんしたが、狷介(けんかい)極まる眦(まなじり)だ。このまま居座りゃ、どうやら首を掻かれかねない」

手にした棒でとんとんと己の肩を叩き、ぺらぺらと彼は舌を回す。暢気(のんき)と見えて、互いの気息を窺う緊張が場に張り詰めた。

「申し上げた通り、手前に手出しのつもりはないんですがね。そう睨まれちゃあどうにもなりやせん。仕事ばかりはやり遂げて、退散するといたしやしょう」

男が行動の意志を見せたその刹那、ミカエラが鋭く矢を放つ。が、あろうことか瞬速の矢は、長櫃から飛び出た白い腕につかみ取られた。

生者がそこに詰まっていたのではない。その白は骨の白。男の背より現れたのは、美しく肉の削(そ)げた白骨であった。

「——外法(げほう)・飼(か)い骨(ぼね)」

笑みを浮かべて、外法使いが囁く。

合わせて、転がっていた全ての骸が蠢いた。びくびくと全身を痙攣させ、不随意にして不気味な舞踊を開始する。死人が起き上がる予感に舌打ちし、セレストは炎珠を大量執行。まとめて焼き払わんと目を細める。

が、彼が杖を振るより早く、屍たちは自らの頭部を殴りつけ始めた。損壊を躊躇わない拳が、頭蓋と手指の骨とを同時に破砕してゆく。

「なっ⁉」

「⁉」

動き出した死者が血と脳漿を撒き散らしつつ自傷するさまは、酸鼻極まるものだった。流石に気を呑まれた空隙を盗み、外法使いの背から再び骨の手が出る。

はっと身構えたセレストたちだが、それは彼らを狙うものではなかった。人のものとは思えぬほどに長く伸びた骨は、両の腕に聳える木々の枝々を摑み、三本目の腕に外法使い自身を抱え、ちょうど雲梯の要領で、飛ぶように木々の狭間へ消え失せる。

「……くそったれ」

やがて法の圏内を逸脱したのだろう。死人たちは元の通り静かに死に果て、わずかの動きも見せなくなった。

しかしその時には既に、いずれの死体の面体も、親ですら見わけのつかぬほどに破壊され尽くしている。散見された老人の顔は、ひとつとて原形を留めていない。

骸こそ残ったものの、奇態な死の由来を探る証拠が見事に隠滅された格好になる。セレストの悪罵はこれがゆえのものだった。

「問題ない」

しかし傍らに立ち並んだミカエラが、にやりと笑んでそう告げた。

「以前ご尊顔を拝したことがある。ラムザスベル公だ」

「あん？」

「あの顔はラムザスベルの領主、グレゴリ・ロードシルトに他ならないと言っているのだよ。当座で人相だけは潰していったつもりだろうが、この目を侮ってもらっては困るというものだ」

途端セレストが、少年のように瞳を輝かせた。相棒の肩を平手で叩き、

「おいおいミカ公、思わぬところで役立つじゃねェか！」

「その言い種（ぐさ）、私を蔑（なみ）するようにも聞こえるが？」

セレストに不服を述べたのち、ミカエラはぺちぺちと拍手を贈るネスへ優雅に一礼してのけた。

それからしばしの時を、彼らは火葬に費やした。

隊商の全滅は明らかで、荷も骸も、到底三人で運びきれる量ではない。ならば鳥獣が食い荒らすに任せるよりも、焼いてしまうのがせめてもという判断だった。

襲撃者たちの屍を調べたい気持ちはあったが、このような仕事に従事する奴（やつ）らである。身元が知れるようなものは所持していまい。何より樹界に長く留まれば、そのぶん界獣に遭遇する危険も増

していく。よってこちらも野ざらしにはせず、隊商のものと合わせて焼いた。

セレストの火を以てすれば、人体を灰にするのにそう時間はかからない。役目を終えた火を鎮めて繋いだ騎龍たちの下へと戻り、それから霊術士は、「さて」と改めて連れを振り返った。

「オレはこのままラムザスベルへ行くぜ。半分殿に、色々と訊きたいことができちまったしな。で、お前らはどうする？」

「！！！！」

問われるなりネスが、諸手を空へ掲げてみせる。「一緒に行く！」の意志表示と見て間違いはなさそうだった。

「同行せざるをえないだろう。王宮にすら忍び入る君だ。放っておけばラムザスベル公のところへも直接押し込みかねない」

「ああ、まあそのつもりだったな」

「どうして君は、そう大雑把なんだ！　少しは頭を使いたまえ！」

恥じる様子もなくセレストがしゃあしゃあと言い抜け、ミカエラが噛みついて吠える。すっかり馴染んだその光景を眺めつつ、ネスはにこにこと微笑んでいる。

「下手の考え休むに似たりっつーだろ。そういうのはお前に任すぜ」

「……やはり同行以外の選択肢がないではないか」

「訊く意味がなかったな」

「得意げにする発言ではないことを、自覚すべきと思うがね」

だがセレストを論（あげつら）いつつ、ミカエラ自身も最初からラムザスベルへ赴く心地でいた。アーダルの騎士として考えるなら、これはここで調査を中止すべき案件である。他国の都市が深く関わる可能性があり、迂闊に藪（やぶ）をつつけば思わぬ蛇が出かねない。

王都に戻りここまでの報告を行い、国から詰問状を送りつけ、あとはラーガムの対応に任せるのが上策であろう。

だが彼の目には商団の死にざまと、ふたりの我法使いが焼きついていた。あの無惨を見た上で、それがまた引き起こされるだろうと確信した上で、斯様な消極的選択はありえないと考える。そうして、随分毒されたものだと苦笑した。

「既にラムザスベルへは道半ばだ。行くも戻るも、手間はさして変わるまい。加えてかの都市は今、祝祭の只中（ただなか）にある。潜入は容易かろうよ」

己の龍に跨りながら、ミカエラは同じく騎乗するセレストたちを見やる。

「とまれ私が帰還すれば、君の動静が摑めず私と上の方々の肝が冷える。私が同行すれば、我々の動静が摑めず上の方々の肝が冷える。被害の軽減を考えるなら、後者の方が賢明というものだろう」

「なんつーか、相変わらず理屈っぽいな、お前はよ。難しく考えすぎるとハゲんぞ」

呆れ顔で返すセレストの外套を、尻馬に収まったネスが唐突にぐいぐいと引き出した。

「おいおいなんだよ。いきなり暴れんな」

「！　!!　！」

見返る彼へ、彼女は何やら思い出したらしい憤懣を訴える。霊術士はしばし心当たりを探り、

「あー、あれか？　小脇に抱えてぶん回した件か？」

「！！！」

「いやしょうがねェだろ。他にどうしろってんだよ？」

「！　！」

「横抱きにしろだあ？　我がまま言うな。それだと両手が塞がんだろうが」

「！！！！！」

「おいこら痛ェ、髪引っ張んな。ハゲたらどうしてくれんだお前」

ぎゃあぎゃあと騒々しい鞍上は、セレストが飴玉を取り出すことでようやく解決を見た様子である。

そのさまを見守って、苦労性の弓使いはやれやれと頭を振った。

4. 腐蛆の夢

長く生き延びた都市は、複数の城壁を持つ。

獣たちへの備えを厚くする意図ではない。既に述べたことだが、堅固な城壁は厚い卵殻に似る。身を守ると同時に、成長を阻みもするものだ。

ゆえに人口の飽和を迎えた都市は当初の外殻を内より破り、より大きな壁を巡らして自らの領域を拡大する。度毎に増える年輪めいた壁たちは、都市が内包する活力と求心力の表れとも言えた。

その伝でいくならば、ラムザスベルは一級の都市である。

最外壁の城門から真っ直ぐに十七の壁を抜けて中央城塞へ続くメインストリートは、類を見ないほどに道幅が広い。星のない夜に道の端からもう一方の端を眺めても、闇に阻まれ見通せぬとの風聞まであった。どれほど交通量を想定した通りであるかが推して知れよう。

拡張され続けた領地には空船や飛龍の発着場、隊商たちが獣車や騎獣ごと滞在するための居留地に加え、生き残りに汲々とする小都市群にはありえぬ歓楽街までが存在し、一生涯をこの都市で暮らしたとて決して退屈は覚えぬと住民たちは豪語する。

全ては領主、グレゴリ・ロードシルトの力を背景にしたものであった。

此度の剣祭においてもそれは存分に発揮され、中央通りとその到達点である城塞の一部を改築し、闘技場が築かれている。剣を交える石舞台を高低をつけた楕円(だえん)の客席が取り囲み、混雑を回避すべく数十を超える出入りの口が設けられた大規模なものだった。

外周には幾枚もの銅鏡が設置され、これに石舞台の様子が映し出されるように手配されている。遠隔への音声と映像の出力は儀式霊術に属する大規模術式だが、こうも近距離であればさほど霊力を要さない。ロードシルトは祖竜教会に依頼し祈禱小塔を建立することでこれを賄っていた。

お陰で会場を囲んで食事や酒を出す屋台が立ち並び、剣祭盛況の感をいや増している。流石に風雨と陽光への備えまではないが、急ごしらえとしては十二分の威容であり、同時にラムザスベル公の財力、動員力をも見せつけると言えよう。

他にも祝い酒の名目でただ酒をふんだんに振る舞い、ラムザスベルを訪れる空船の乗船料を全て肩代わりするなど、ロードシルトは我が領地に多くを招き長く滞在させる手管を尽くしていた。大枚を入り用とする行為だが、半分殿の異名を持つ老人にとっては痛くもない出費なのだろう。飲食に宿泊に歓楽にと自都市に金銭を落とさせる彼のやり口は、経済の呼び水としても機能している。ここまでならば剣祭とは、皇禍制圧祝賀の名を借りた経済活動のようにしか思えない。

が、カナタ・クランベルはそうではないと考えていた。

自身が陰謀のように召し出された経緯もある。そしてのみならず、ラムザスベル公は誘引戦術の天才なのだ。

グレゴリ・ロードシルトは、大英雄として知られた男である。

若くして用兵術で頭角を現し、特に防衛戦に長けた。ラーガムを襲った大界獣群の撃退により国の内外に武名を轟かせ、護国の堅盾と尊称されたものだった。当時は発展途上であったとはいえ、重要拠点であるラムザスベルを任されたことからも声望の一端が窺える。

しかしある時、ラーガムは国を挙げて大樹界への侵攻を企画。老練の指揮能力を見込まれ、この計画の総大将に選ばれたことが、彼の人生の岐路となった。

ロードシルト率いるラーガム軍は、大樹界深奥への切り込みに一旦は成功する。しかしそののち、界獣の襲撃により壊滅の憂き目を見た。生存者はロードシルトの他は側近の数名のみというから凄まじい。

失望した国王と対立派閥の貴族らは、当然この損耗の責をロードシルトひとりに求めた。栄光に満ちた彼の経歴は汚泥にまみれ、その名は怨嗟と嘲笑に満ちて語られることとなった。

彼が領土を失うに至らなかったのは、偏に国が、ラムザスベルの離反を恐れたからに過ぎない。かの土地はアーダル国境にほど近く、城塞都市はその成立の経緯から、独立不羈の精神を強く備えた。王軍に匹敵する軍勢を持ち、自給自足で都市機能を維持できるのだから、国の意向など何するものぞとの気風は根強い。ラーガムは大都市を失う愚を慮り、過剰な処罰を回避したのだ。

だがロードシルトは自ら引責して一線を退き、こののち自領を出ていない。

以後の彼は、ただ財貨の蓄積にばかり腐心した。色には耽らず、傷心をひたすら金銭で埋めたのだ。そうしてついたあだ名が半分殿。国の富の半ばを有するとの意だが、無論尊称ではない。過ぎた欲を嘲笑って言うものである。

しかしラムザスベルの栄華からも知れる通り、金の力とは到底侮れるものではない。彼の権勢はかつてを上回り、王ですらその意を容易に阻めなくなっている。

加えて齢八十に届こうとしながら、この老人の精気はなお横溢していた。四十五十を老人と呼ぶこの世界において、既にして大した長命である。にも拘わらず壮年に勝るとも劣らない有り様に、一部の者は簒奪の気配までをも嗅ぎ取っていた。

懸念の影は大きく、彼を失帰の妖と呼ぶ向きまで出る始末である。死に時を失って現世に執着し続けるあやかしと、最早ロードシルトは見立てられているのだ。


斯様な人物が催し、また我法使いを遣わしてまで自分を引きずり出したのが剣祭である。十重二十重の思惑が巡らされると見て間違いのないはずだった。

貴賓席を睨め上げ、カナタは険しく眉を寄せる。

視線の先に、遠目ながらもロードシルトの姿があった。背筋をしゃんと伸ばし威風周囲を払う、白美髯の丈夫である。年波に弱る様子は少しもなく、噂の通り底知れぬ生命力を渦巻かせていた。

――果たして己は、あれに敵しうるか。

強く拳を握ったところで、隣から頬をつつかれた。

「今見るべきは、そっちじゃない」

同じく関係者席に座るイツォル・セムは、我に返ったカナタへ悪戯めかした笑みを向ける。

「それと、熱心に見るならわたしにすべき」

軽口のように告げてから、悔いて含羞(はにか)むその髪を、少年はくしゃくしゃと撫でた。イツォルが満足げに目を細める。

「先を考えないのは駄目だけど、考えすぎて縛られるのはもっと駄目。わかった？」

「ごめん、そうだね」

「ん」

軽く顎を引いて肯定を示してから、

「でもわたしも時々そうなる。だから、その時はまたカナタが教えて」

「もちろん」

うべなって、カナタは石舞台に視線を戻した。

百を超える闘技者たちが、連日この場で剣を競(くら)べている。その戦いを少年は、聖剣を執行することなしに、危なげなく勝ち進んでいた。

剣祭への参加を許されるだけあって、集った剣士たちはいずれもが一流に属する強者である。それらを敵に回しての連勝であるが、カナタはこの結果を当然と考えていた。

無論、傲慢な思い上がりではない。

彼はこれを、ロードシルトの意図的な差配と見ている。決勝で子飼いの我法使いと――ウィンザー・イムへイムと戦わせるべく、ラムザスベル公はこちらにやや技量が劣るか、金で勝敗を言い含めた人間を配すると信じていたのだ。

こうしたカナタの判断と、イツォルの感慨は甚く異なっている。

彼女の見るところ、カナタは明らかに強くなっていた。以前よりも格段に実力が増している。まだ体の伸びる時期の彼であるが、元より鍛錬を積んだ身だ。数ヵ月でフィジカルが大きく上乗せされることはない。つまり剣腕の向上は、肉体面以外に理由がある。

それは判断速度だった。

相手の起こりを読み、対応を組み立てる。その精度が著しく増しているのだ。

昔からカナタは、どうにも自信のない少年だった。常に己を足りぬ者、及ばぬ者と見做す節があった。その心地は剣にも現れ、動作の遅滞を生んでいた。

だが何とは言えぬ何かが彼の中で確実に変化したのだろう。現在のカナタは、決断に迷いがない。迅速な決断はのちの行動に余裕を生み、それがゆえにますます彼の太刀は冴え渡る。無駄なく洗練された技は、一見緩やかなものとして人の目に映る。カナタの剣は、今やそのような領域にあった。

これをもたらしたのは魔皇征伐に際して潜り抜けた死線であり、魔皇との鍛錬であろうとイツォルは見る。なんとなく寂しく、また妬ましい気がした。別の働きで挽回するよりないと、彼女は思いを新たにしている。

そうして開催より十数日を経た現在、剣祭は終局へ至ろうとしていた。

聖剣カナタ・クランベル。

水面月ウィンザー・イムヘイム。

岩穿ちソーモン・グレイ。

届かずのヒューイット・ムジク。

剣士は今や絞りに絞られ、勝ち残ったはこの四名。いずれ劣らぬ剣技が覇を競い合う格好である。

複数回行われていた試合は伴って数を減らして、ついには一日に一試合を行うのみとなっていた。

が、ロードシルトは生じた空き時間も舞台を遊ばせる人間ではない。曲芸師を揃えて様々な演目を繰り広げ、観覧に訪れた人々を退屈させることを知らなかった。

今も芝居が打たれていたが、当然ながらふたりはこれを見に来たわけではない。

カナタたちが検分を意図するのはこののちの立ち合い。ウィンザー・イムへイムとヒューイット・ムジクの一戦であった。

中央城塞の尖塔が長く影を差しかける頃、滑稽劇が幕を閉じた。

一礼して演者らは退散し、次いで登場したラムザスベル都市軍により、石舞台は見る見るうちに清められる。練度の高さを思わせる、一糸乱れぬ動きだった。

それからしばしを経て、ひとりの剣士が姿を見せる。

全身を包む外套に丈高な鍔広帽。そして鞘尻が地を擂るほどに長大な剣。勝負の場に臨んでなお旅装を解かないその姿は、ウィンザー・イムへイムに他ならない。

拡声術式により簡便な彼の武勇が流れ、我法使いであることが明かされる。

この前口上は、ある程度剣士の数が絞り込まれてから開始され、繰り返されているものだ。内容に目新しいところは何もない。

だが観衆に、イムヘイムの法を見た者はまだなかった。我法などそうお目にかかれるものではないから、今日こそそれが閃くことを期待して詰めかけた者も多かろう。

小さな呟きで紋様術式を執行し、水面月は抜剣。戦場の中央へと歩み出る。

続けて、もうひとりの剣士が現れた。

こちらは、常寸よりもやや短い二刀を携えた小兵である。ともすればその背丈は、カナタよりも低く思えた。

体格を身体強化の霊術により補う剣客であるとの紹介が入ったが、これを聞くまでもなく、カナタもイツォルも「届かず」の武名は耳にしている。

ヒューイット・ムジクはラーガムでも指折りの使い手であった。数多の武勲を積み上げれど齢は三十に及ばず、心技体いずれにも脂が乗りきっている。

特に双剣を用いた防ぎに秀で、また対峙する者の目を幻惑する作法を心得ている。彼はあらゆる剣難を亡霊の如くにすり抜け、敵手にただ疲労と絶望ばかりを蓄積させるのだ。

この惑わしは人のみならず獣にまで作用し、数十体に及ぶ魔獣の群れを、半日単身で釘づけにしてのけたとの逸話も有していた。無論この剣祭においても、彼は一筋の傷とて身に受けていない。いずれの太刀もムジクの身には届かぬままだ。

などと長所を語れば護身ばかりの印象となるが、ムジクは攻め手を欠く剣士ではない。

攻めれば無数の連撃を閃かせ、守れば相手の技量の全てを吐き出させる試合運びは素人目にも見応えがあり、来歴からばかりでなく観衆の人気は高かった。

ゆえに観客の興味は、やはり我法に集中する。

ロードシルトの我法使いが、ムジクの鉄壁を如何に噛み破るか。或いは届かずが、如何にイムへイムの我法を打ち砕くか。

剣の限りを尽くし、その果てに振るわれる法の力が、必ずや勝敗を決するであろうと期待は高まる。

衆目が集まる中、入場した両者は互いの間合いにやや遠い距離で向き合い、

「どうぞ、お手柔らかに」

刃音を立てて抜き合わせて、ムジクが一礼。これを無視し、イムへイムは音を立てて首を回した。

「実に面倒な話だが、殺すなと言われている」

鼻白んで、届かずは瞳を鋭くする。

二者間に張り詰めた険悪を焚きつけるように、拡大された審判の声が数え下ろしを開始した。

剣以外の得物を用いぬこと。相手を死に至らしめぬこと。このふたつのみを規則とした実戦さながらの立ち合いが、カウントが尽きたその時に幕を開ける。

観衆が固唾を呑み。

半身になったムジクが集中を高め。

大剣を肩に乗せたイムヘイムが薄く笑い。

「だから、腕二本で勘弁してやる」

そして勝敗は、開始と同時に定まった。

明らかに刃先の届かぬ位置から、我法使いは二度だけ剣を打ち振るう。

「斬法・水面月」

彼が告げたその直後、ヒューイット・ムジクの両腕が付け根から落ちた。紅が飛沫き、だが双剣士は声を上げない。驚愕の過ぎ去った後に敵意の火だけを凍らせて、イムヘイムを睨んだ。歯牙にもかけず、我法使いは鞘に刃を納めて背を向ける。

会場は水を打ったように静まり返り、しわぶきひとつ聞こえない。

武を競う催しである。当然ながら、血なまぐさい光景は幾度もあった。だがそれらは互いに死力を尽くした上で起きたものだ。そこには敵意のみならず、敬意と称賛が混在する。

だがこれは違った。相手の何もかもを踏み躙るような一方的な暴力は、恐ろしい無惨を観衆の肌に味わわせ、忘れられなく刻み込んだ。

そこでようやく決着がアナウンスされ、救護の治癒術士たちがムジクの下へ駆け寄る。

剣士ばかりでなく名の知れた霊術士たちをも、ロードシルトは招聘している。ムジクは一命は取りとめるだろう。剣祭において受けた傷の治療は全てロードシルトが責任を持って執り行うと明言していた。恐らく容体の安定を待って彼はアプサラスに移送され、再び両手を得もするだろう。

だが元の技量を取り戻すまでに、どれほどの労苦を要することか。その困難を思うと、同じ剣士としてカナタは戦慄を禁じえない。

イムヘイムとの決闘は予期していたものだった。それゆえ彼の我法を解き明かさんと欲して観戦にも来た。だが見せつけられたのはただ、防ぎも何も通用しない圧倒的な法力である。

去り際、ウィンザー・イムヘイムは昏くふたりを一瞥した。

その眼差しは、カナタの不安と焦慮を煽り立てるに充分だった。

*

――お恨みしますわ、サダク様。

足を踏み入れるなり、ケイトは胸の内で呟いた。商団の長に紹介された宿の光景は、彼女にとって些か刺激の強いものだったのである。

二階を宿、一階を食堂を兼ねた酒場とするその構えは、旅人の多いラムザスベルではありふれたものだ。

だがまだ日も落ちきらぬというのに男どもが手ひどく呑んだくれ、その間を肌も露な娘たちが我が身を見せつけつつ給仕に回るそのさまは、純朴な田舎娘の感性に甚く衝撃的だった。

旅の間、サダクとはとても友好的な付き合いをしてきたはずである。

『機会がありましたら、是非またご一緒ください。叶うことならうちの専属になっていただきたいくらいですよ』

ラムザスベル到着後、彼はそう名残を惜しんでくれた。

都市に着いた隊商たちは、都市側の用意した専用の居留地に宿泊することが多い。他の商団と情報や各地の特産物の交換を行う機会が生じるからだ。ラムザスベルのような大都市においてこの種の交流はますます重要性を増すから、まとめ役であるサダクは本来大わらわのはずである。だというのに別れに時間を割いてくれたことからも、この言葉が世辞でない真摯と知れよう。

そしてフェイトとラカンに宿の手配がないと知り、彼が推したのがこの宿であった。

『祝祭の最中ではどこも満室でしょう。ここを訪ねてみてください。我々の名を出せば、融通を利かせてくれるかもしれません』

だがしかし、勧めに従った結果がこれである。

『貯め込むばかりでは三流以下です。一流は金の使い時を知っている』などと語っていたけれど、彼の言う使い時とは、こういう意味合いであったらしい。

オショウ様の教育によろしくありませんとケイトは大層憤慨し、ラムザスベルにしばし滞在すると告げたサダクの言葉を思い返すと、もし行き会ったら文句のひとつも申し述べてくれようと心を決める。

が、この立腹は少々酷というものだった。

サダクがこうした宿を紹介したのは気回しの一種である。商家の若隠居を自称するフェイトという娘を、彼は身分ある人物と見た。販路拡大の旅だと言うが、それでもまったく関わりのない都市へ売り込みには行くまい。ならば伝手を辿って逗留先を求めることも容易いはずだ。

そうした人間が宿の用意がないと言うなら、これは敢えてのことだろうとサダクは考えた。恐らくは同業や貴族階級の目を避けたいに違いないと踏み、それで身分ある者が利用せず、それでいて客筋がある程度よい宿を紹介したのだ。

サダクの誤算は、大祝祭により客層と店側の顔触れが一変していたことにある。

宿の主も、平時働く給仕たちも、昼は専ら祭りを楽しむ側に回っていた。長逗留の客が増え、また元より行き届いたサービスなど期待されぬがゆえの気楽さである。

では欠けた働き手がどこから来たのかと言えば、それは娼館（しょうかん）からだった。

剣戟（けんげき）のみならず様々の見物（みもの）があるため、昼遊びをする輩は少ない。が、ちょいとひと休みに酒場へ入る者や、祭りの陽気に当てられてそのまま飲み呆（ほう）ける者は少なからずいる。

娼館の主はここに目をつけ、女たちに顔を売りに行かせた。日のあるうちから夜の約束を取りつけて、のちに歓楽の限りを尽くさせるべくだ。

ケイトの見たのは、そうした次第から生じた情景だった。

隊商の名を出したところで対応が変わらぬのもむべなるかな、酒場の奥でケイトの受けつけをしたのも、こうした女たちのひとりだったのである。

けんもほろろにあしらわれ、不満にむくれて踵（きびす）を返したケイトの腕を、不意に摑んだ者がある。

それは赤ら顔の酔漢だった。

「あの、何かご用ですかしら……？」

遠慮のない握力に、娘は当惑を含んだ視線を向ける。

「聞こえてたぜ。部屋がないんだってな」

が、男はいい加減聞し召していた。今日の試合でヒューイット・ムジクに大枚を賭け、大きく負けての自棄酒だった。

「俺のとこに泊めてやってもいいぜ。当然、お代はたっぷりいただくけどな」

忍び笑いを漏らしつつ、ねちこい視線を彼女の胸と腰とに這わせる。同じ卓を囲む残りが、やはり下卑た笑いで同調した。

如何にも育ちよく純朴げな娘は、憂さ晴らしの的として絶好に見えたのだろう。脅しつけて言いなりにしようという浅ましい思考が、その全身に透けている。

珍しくも露骨な嫌悪を浮かべたケイトは、相手にせずにただ前腕をくるりと回した。

「お?」

思わず声を上げるほどあっさりと、男の拘束が外される。掴んだ側の肘関節を外から押すことによる手ほどきだった。

何やってんだと仲間からの嘲弄を受け、男は顔を酔いばかりでなく赤く染める。

「てめ――」

激昂して立ち上がり、もう一度掴みかかったその手首が、横合いから伸びた別の腕に捕らわれた。

「何しやがる!」

怒声を発しはしたものの、腕の主に目を向けた途端、それは尻すぼみとなる。

大きな手の持ち主は、やはり大きな男だった。実に珍しい禿頭である。体軀の割に細身めいて見えたが、それは針金の束を叩き込んだような、実戦的な筋肉の塊だった。

巌(いわお)のような顔から、厳しい眼差しが見下ろしている。摑まれた箇所が激痛を発するが、一体どこをどうされたものか、腕のみならず体ごとがぴくりとも動かせない。

酔いも醒(さ)めそうな怖気(おぞけ)が背筋を走った。ああ、なんでこんなにも目立つ人間に、今の今まで気づかなかったのだろう。

異常を察知して、男の連れがパンを投じた。仲間を助くばかりならず、手ひどく衣類を汚す意図があったのだろう。色の濃いシチューにどっぷり浸されたそれは、オショウの顔面を直撃した。

否。したかに見えた。

だが奇態なことにパンもそれが含んで散布した液体も、全ては彼の輪郭だけをなぞって滴り、一切の痕跡を残すことなく床に落ちる。薄く体表面に展開された結界の働きであった。

「食物を無為にするものではない」

低く静かな、けれど酒場の喧騒(けんそう)を圧する声でオショウが告げる。酔漢の腕を解放すると、ゆっくりと投擲者に向き直る。至極真っ当な咎めに、男の仲間が席を蹴立てた。

僧兵の一声から、彼らは注目の的となっている。

こうなっては後に引けなかった。酔漢どもは隊商の護衛や獣狩りを請け負う衛士であり、つまりは荒事の専門家だ。喧嘩を買われて尻尾を巻いたでは、外聞が悪いどころの騒ぎではない。

――こっちは四人。いくらデカいのがいるとはいえ、あっちは小娘込みでふたりだ。負けるはずがねぇ。

放たれた手首をひと撫でしつつ、酔漢はどうにもならない皮算用をした。

肩越しに目配せするなり、思い切りよくオショウに打ちかかる。酔態からは思いもよらぬ、堂に入った一撃だ。

下方からすくい上げるような拳が肋骨（ろっこつ）の下部、筋肉の薄い部位を捉え、しかし返ったのは人体とは思えない感触である。まるで大樹界に聳える巨木を全力で殴りつけたような、異質の手応えだった。何をしても通用しないのだと、遅まきながらの理解をする。

用いた拳の疼痛（とうつう）には因らず、酔漢は悪い夢を見た子供のように首を振った。仲間たちにも相手の異常が伝わったのだろう。連携して追撃するはずだった全員の足が止まっていた。

オショウのじろりと怖い視線が降り注ぎ、衛士どもは息を呑み身を竦ませる。

「そこまでですわ」

強烈に張り詰めた緊張を打ち砕き、ふたりの間にケイトが割って入った。

「オ……ラカン様、わたくしなら大丈夫です。ね？」

「うむ」

なだめられ、素直に頷く。侮辱を受けたのはケイトである。彼女が矛を収めるというのなら、彼に否やはない。

なんともあっさりとしたやりとりに、酔っ払いどもは露骨にほっとした様子を見せる。

「貴方がたも、ご反省くださいましたかしら？　楽しくお酒を飲むのは結構ですけれど、それで女子供に無体をしてはなりません。よろしいですわね？」

「お、おう」

だがケイトにきっと睨まれ、不承不承ながら首肯した。

結構、と娘は頷き、

「ではお互い、大人になるといたしましょう。一発は一発ですから、同じだけを返して、それでいいこでいかがですかしら？」

さも名案と言いたげな笑顔を向けられ、酔漢は危うくふざけるなと叫び返すところだった。

一発は一発の意味するところは、無論自分があのハゲ頭に殴り返されるという意味だ。冗談ではなかった。額に脂汗が浮く。

「けれどオ……ラカン様が打擲すれば、大抵の方は壊れてしまいます。なので、わたくしが代理をするのはどうでしょう。鍛えた殿方ですもの。女の細腕など問題になさいませんわよね？」

よって続けられた言葉に、彼は一も二もなく飛びついた。平手の一発で禊がすむなら安いものだ。

ぶんぶんと首を縦に振るや娘はにっこり微笑んで、「では」と彼の前に進み出た。雨雲めいて嫌な予感が立ち込めたが、その時にはもう遅い。

すっと体を沈めたケイトは、てのひらを上に握った拳を腰だめの位置から半回転させつつ繰り出している。正拳が鳩尾に吸い込まれ、酔漢は声もなく、前のめりに膝から崩れた。

踏み込みにより足下から生じる力を正しく、また美しく伝達するオショウ直伝の一撃である。

「……何か？」

残心ののちぱんぱんと手を叩き、静まり返った周囲を無邪気めかしてケイトが見渡した。酒場のほぼ全員が、慌てて愛想笑いを浮かべる。

彼女は改めてにっこり笑うと、床を汚すパンとその周囲を目で示し、

「食べ物を粗末にするのはよろしくありませんから、こちらは大目に見ますわ。でも宿の方のお手を煩わせぬよう、皆様で清掃をしてくださいましね？」

「はい！」

酔いどれどもの声が、ものの見事に唱和した。

「もう！　もうもうもうもう！」

夕暮れの大通りをずんずんと、ケイトはそれこそ傍若無人に猛進している。先の宿を離れてからのち、彼女はずっとこの調子だった。

どうにか落ち着かせるべきなのであろうが、生憎オショウは女人の機嫌の取り方を知らぬ。黙って後に従うばかりである。

「もう結構、結構です！　こうなったら散財しますわ。ええ、散財してやりますわ。宿なんて楽勝です！　陛下から、びっくりするほど軍資金を頂戴しておりますもの！」

ようやく憤慨が収まってきたのか、ケイトは足を止めて振り返り、オショウにそう言い放った。

誰の耳があるとも知れない道端でする宣言ではなかったが、両名にその種の危機管理意識は薄い。

腹立ちまぎれにケイトは、今宵の宿を高級なものにすることを決めていた。貴人向けの旅籠は、

多くの使用人を同時に受け入れる場合が多い。そうした宿を探せば空き部屋のひとつふたつは確保可能だろうと考えている。

いっそ身分を明かしてグレゴリ・ロードシルトのところへ挨拶にゆけば国賓として遇されもしようが、それは避けたい気持ちがあった。敬愛するアプサラス王が、不信を匂わせていたからである。

なにせ油断ならぬのが世の中だ。ついさっきのようなトラブルがいつ舞い込んで来るともしれず、物事には細心の注意を払うべきである。自分が先達として、お姉さんとして、オショウの世話を焼かねばなるまい。ケイトは鼻息荒く意気込んで拳を握る。

それからふと思い出し、隣のオショウの袖を引いた。

「オショウ様、オショウ様」

「うむ？」

「よろしいですか。色々と、とにかくもう色々と害がありますから、先ほどのような宿や酒場へは、決して近づいてはいけません」

「うむ」

「それから、もうひとつ。ラムザスベルは豊かな都市で、人の往来で賑わって、なので美人が多いとも申しますわ」

「ふむ」

「……目移りしないでくださいましね？」

「うむ」

オショウが小さく笑い、負けた気分になったケイトがぺしぺしと肩を叩く。

「ケイトさん！　オショウ様！」

そこへ、道向こうから呼びかけがした。ふたり揃って目をやれば、人波越しにあったのは、見知った少女の姿である。

「あら、イツォル様！」

朗らかな笑顔で駆け寄って、ケイトが懐こく手を取った。若干戸惑いつつもイツォルが応じ、それからオショウに一礼をした。結い上げ髪が動きにつれてぱたりと揺れる。

「ラムザスベルにいらっしゃるとは思っておりましたけれど、ここでお会いできるなんて、素敵な偶然ですわね」

「ううん、違う。偶然じゃない」

今度は髪を左右に揺らし、イツォルが否定した。

「宿での騒ぎが聞こえて、覚えのある声がしたから。それで、探しに来た」

その言いで彼女の聴力を思い出したのだろう。「順風耳でいらっしゃいましたわね！」とケイトは目を輝かせ、唐突にイツォルの耳に手を伸ばした。

「え、えと、ありがとう？」

許容したのか、単に圧に押されたのか。耳たぶをふにふにと触られながら、イツォルは戸惑い気味に返し、それから表情を改める。

「申し訳ないけど、ふたりの事情も聞いてる。泊まり先のことならわたしがなんとかできる。ただふたりは天祐だと思うから、代わりと言ってはなんだけど、図々しくお願いしたいことがある。話だけでも聞いてもらえると嬉しい」

「お任せください！」

「え？　ケイ……」

内容など何ひとつ聞かぬうちに、ケイトが安請け合いをして胸を張った。が、直後、はっと気づいて首を振り、しょんぼり気味に肩を落とす。

「いけません。先走りですわ。わたくし、また先走っておりますわね」

「うん。だから一度わたしたちの宿に来て、そこで話を――」

「イツォル様のこと、お受けしてもよろしいでしょうか、オショウ様？」

「うむ」

承諾を得て、ケイトはぱんと喜ばしく手を打ち合わせた。

「これで先走りではなくなりましたわ。では、カナタ様のところへ参りましょう！」

「ちょっと、あの!?」

ふたりの逗留先も知らぬだろうにケイトが先に立って歩き出し、イツォルは慌ててその後を追う。持ちかけた話であるのに、すっかり主導権を握られていた。

三度困惑に陥りつつも、イツォルは我知らず微笑んでいる。それはいつ以来かの気の緩みであり、頻闇に光明を見る心地に似ていた。

カナタとイツォルの前にそれが現れたのは、剣祭の開催に先駆け、ラムザスベルへ到着した夜のことであったという。

彼らが宿したのは、ロードシルト手配の高級旅館だった。

グレゴリ・ロードシルトとの会談後、カナタは彼の居城への滞在を勧められた。しかし彼は、「あくまで一参加者として取り扱って欲しい」とこれを陳謝し、敢えて市井に逗留したのだ。

諜報に関する霊術式を家伝とするイツォルは、都市での行動に大きく制約を受ける。なにせその真骨頂は暗殺であるのだから、重要機関へはまず立ち入れない。中央城塞への逗留を拒んだのは、この点を踏まえてのことだった。もしロードシルトの招きを受けたなら、機密保持を理由にカナタとイツォルは滞在先を分断されていたことだろう。

だがこうして別拠点を確保はしても、これは無論、完全な自由を意味しない。当然ながら宿の者には、ロードシルトの息がかかり、ふたりはどうしようもなく監視下に置かれている。そもそもからして、この都市は半分殿の腹中なのだ。互いの他に味方はなく、いつ何時、どのような難癖がついてもおかしくはない。

このような状況下では、さしもの千里眼、順風耳といえども完全な活動は不可能だ。相手の警戒とその危険度を推し量り、限られた時間の中でわずかずつ足場を作って最大効果を求めるより他にやりようはなかった。地道であり、計画性を必要とする選択だ。

だからこそその夜、案内された部屋で旅塵を落とすなり、イツォルはカナタの部屋を訪れた。

実際にラムザスベルを眺め、その上で今後の方針を詰めるべくの訪問であったのだが、ふたりが何を決めるより早く、こつこつと窓が鳴ったのである。

彼と彼女は、さっと目を交わして立った。どちらの面にも警戒が濃い。

カナタの部屋は二階にある。そして上宿らしくどの客室も、通りから徒に窓を叩くどころか、外からおいそれと様子を窺えぬよう営造されていた。つまりこのノックはふたりの存在を知る何者かが、明確な意図を持って行ってきた接触ということになる。

が、カナタとイツォルのどちらにも、そのような相手の心当たりがなかった。

敵対的なコンタクトを予感し、カナタが帯剣の柄を握り、イツォルに頷く。受けた彼女が厚いカーテンを引き開け——そして現れた窓の際には、ぽつんと真白いしゃれこうべが置かれていた。

「…………」

「…………」

ふたりは顔を見合わせた。大きさからして、恐らくは子供の骨である。なんらかの霊術的攻撃であろうかと用心を深めつつ、合図ののちに機を合わせ、イツォルが大きく窓を開いた。すると応じて髑髏の眼窩に、ふわりと瞳めいて光が灯る。

「ご容赦を。このような訪問となりましたこと、平に、平にご容赦を」

肉のこそげ落ちたそれは、かたかたと顎を鳴らしてぺらぺらと語り出した。

「手前、ツェラン・ベルと申します。しがない我法使いめにございます。このたびは高名なる聖剣殿とご伴侶様に、お聞き届けいただきたき儀これありまして、ご無礼承知で罷り越しましたる次第。どうか憐れな骨めの話に、お耳を拝借願えやせんか」

舌がなくとも話しえて、耳がなくとも聞き果せる。我法とはそのような代物だ。そのことは少年少女のどちらも理解している。だが予想外の物体に不可思議な友好を示されて、流石にしばし言葉が出ない。

その隙を縫うようにして、髑髏はかたかたと窓から部屋へ入り込む。

「窓をお閉めいただけますかい。万一にも盗み聞きされたかねェ話ですが、なにぶん手前、手も足もござんせんので」

首肯したイツォルが窓を閉め、頭蓋骨は合わせて片目の光だけを点滅させた。ウィンクのつもりであろうか。

剽げた仕草ではあったが、カナタは相変わらず剣に手を添え、しゃれこうべの挙動を油断なく監視するままである。

「生き馬の目を抜く世の中だ。手前へのご不信、ご警戒はごもっとも。ですがこちらも尻に火がついておりやして、どうにかお二方にご信用いただきたいところ。なんでこれより手前の身の上、腹の内などを語ります。ご存分に吟味のほどを。その上でもしちょいとでも手を貸してやろうとなりましたれば、これ幸いにございます」

すぐさまに信を得られるとは、しゃれこうべの側も考えていなかったのだろう。そのように交渉を続ける姿勢を見せる。

「イっちゃん」

「ん」

一言だけで意を通じさせ、ふたりは頭蓋骨から幾分かの距離を置いて立ち並んだ。カナタが前に出、イツォルを背なに庇う格好である。

優れた聴覚を持つ彼女は、声の高低、抑揚、ゆらぎなどから話し手の心理を的確に聞き分けることができた。直接の対面でなかろうと、こうも流暢に話す存在であれば嘘を聞き取るなどお手のものだ。この特技を承知するカナタは、イツォルを虚偽診断に集中させるべく護衛の位置についたのだった。

この形を受けて髑髏は、再度片目を明滅させた。聞く態勢になってもらえて重畳、とでもいったところであろうか。

「まずは手前の法から参りやしょうか。我が法は、法名を飼い骨と申します。ただいまご覧のこの通り、骨と骸を恣意にする法にございます。と言ってもできまするはおよそ手前に、人にできることばかり。素材があれば大きくする程度は為せやすが、まあ切った張ったにゃ不向きも不向き。聖剣殿に太刀打ちなんぞは望めやしない。なんであまり警戒せずにおくんなましよ」

かたかたとしゃれこうべは笑い、

「ただしまあ、硬さだけには少々自負がございます。骨の白さは恨みの白。怨念晴れぬその限り、これらは砕けることあらじと、手前はそう信じておりやすんで」

韜晦めいたこれまでの語りとは少しだけ声色を変え、そう続けた。これは彼の──ツェラン・ベルなる我法使いの、法の根に関わる部分なのであろう。

「そして手前とこいつらが誰を恨むかと申しませば、そいつは無論、グレゴリ・ロードシルトと相成ります」

まるで薪をくべた炎のように。ぼっと髑髏の目の光が強まった。火の粉を飛ばすが如く、緑の燐光を周囲に散らす。

「かの老公が、誘引戦術の名手であると皆様ご評価なさいますがね、あれがどうやって界獣を誘き出したかに言及する者はございません。まあ公言できますまいよ。大界獣群の餌として人民を用いたなんてぇ話はね。あの折手前の親兄弟は、揃って骨に成り果てました。ええ、獣に齧られ舐めしゃぶられるそのさまが、手前のこの目にゃ焼きついておりますとも」

「王都防衛戦で国軍以外の犠牲はなかったはずです。民間は全て他都市に避難ずみだったと……」

「そりゃあ上のお歴々の話ですよ、聖剣殿。お大尽の皆様方は仰る通り、綺麗に逃げ散りましたさ。ですがね、手に職持てねぇあぶれ者、貧民ってのはどこにでもいるもんで。好餌とされたは、国としちゃいないも同じなその類です。そりゃあ当然、書類の上じゃ犠牲なんぞありゃしやせん。増えすぎて棄民予定だったたって話もございますから、ロードシルトのやり口はちょうど具合がよかったんでしょうなあ」

「…………」

ちらりと背後に目をやれば、視線を受けてイツォルが頷いた。髑髏の語りに嘘の響きは聞こえないとの所作である。

「野郎はこの手の連中の避難誘導を請け負いましてね。いくつかの集団を作って、順繰りに王都を発たせたんですよ。ま、この集団ごとの野営地ってのが、予測された界獣どもの移動経路だったってわけで。しかも奴さんが景気よく振る舞った食料にゃ、ご丁寧にもマーダカッタってぇ霊術薬が仕込んでありやして。こいつを腹に収めると、誰もが深酒のように昏倒しちまう。そうやって眠りこけた人間をたらふく食らった界獣もまた、ってな寸法ですよ。あとは雨あられの霊術砲火と精鋭の突撃で片をつけて、証拠は獣の胃袋と火に消え失せる次第でさあ」

「でも防衛戦は三十年あまりも昔のことです。声を聞く限り、貴方がラムザスベル公と同年代とは思えません。当時は相当歳若かったはずです。なのにそうまで裏事情に通じるのは、些か不自然に思えます」

この会話は、しゃれこうべを介した音声転送であるとカナタは見ている。とすれば語る声は、飼い骨自身のもののはずだ。声音は強い精気を宿し、ロードシルトと同年代とは思えない。

「ご指摘ごもっとも。手前はあの折、いつつかむっつでございましたよ」

少年の憶測を、至極あっさりと髑髏は認める。

「こうもきっぱり物申せるは、なれば何故かともなりましょう。ですがその説明として、先に手前の法をお伝えしましたんで。死人に口なしと申しますが、あいつら存外饒舌なんでさ」

屍を恣にするのがこの男の法だ。であれば死者の口から事情を聞くも容易な仕業であるのだろう。使い手が可能と信じるならば、ありえぬことをも成し遂げるのが我法である。

現実を事実とは異なる形に歪めて受け止めた可能性はあるが、少なくともこの骨使い自身は、このことを真実だと確信するのだ。

「そういうわけで、生き延びた手前は苦心惨憺を重ねてロードシルトに接近しやした。ああ、恨み骨髄は野郎に対してだけですぜ。国軍の連中は大凡がだまくらかされてただけだ。中には気のいいのがいるのも、まあ存じちゃあいましたんで」

特定の誰かを思い出すように髑髏は遠いどこかへ視線を投げる。

「ともあれ来歴の知れねぇ餓鬼が取り入るまでには、まあ随分と時間が入り用でしたとも。だがようやっとあれに近づいて、いざってところで気づいちまったんでさ。――あの男、本人じゃあござんせん」

そこで口を切り、しゃれこうべはカナタらに起きた動揺の波紋を見守った。充分な咀嚼を待ち、続ける。

「いつからかとは知れやせんが、野郎、法に至っていたんでさ。どうも人様の体を乗っ取りやがる類のようで、体を奪われた御仁は、老公そっくりに外見を作り替えられることも、その人間そのまの見た目で、中身だけがロードシルトになってることもございやす。なんで、この都市にはいやがるんですよ。グレゴリ・ロードシルトがそれこそ幾人もね。どこぞの本体を潰さねぇ限り、あれは生き続けるって寸法にござんしょう」

「……つまり、貴方が僕たちのところへ来たのは」

「ご賢察、何より。有り体に言や、ご伴侶様のお力でどうにかロードシルトの居場所を突き止めていただきたいんでさ。本来なら手前の独力で成し遂げたい仕業ですがね、このお祭り騒ぎに合わせて、老公は何やら企てるご様子だ。もうご面識かと存じますが、例の水面月。あの男と聖剣殿を競わせ、そののち事を起こすおつもりかと。確たる証拠はござんせんが、捨て置けばあの餌やりの二の舞になると手前は睨んでおりやす。あの我法にゃ、他人を踏みつけ利用することを恥じ入らねぇ傲慢と酷薄が透けて見えまさあ」

ロードシルトは世界の全てを我が物と信じて疑わぬのだと、しゃれこうべは我が身を回転させつつ憤った。

「手前はね、野郎への恨み辛みで凝り固まっておりやす。ですが人様を、同じ身の上に落としたいとは思わねぇんで。だからどうにか企ての中身を突き止めて、事前に食い止めちまいてぇ。こいつはたまさか善行と形状が一致するだけの、我執にまみれた仕業ですがね、それで助かる者がいるのは嘘じゃねぇ。如何でござんしょう。手前と聖剣殿は、互いに利用し合えるかと存じます。ひとつ、手打ちと参りやせんか」

我法を以てラムザスベル公に仕えるがゆえに、ツェランもまた十全に信頼されてはいない。むしろ一定の警戒を受ける側である。剣祭という大舞台を前にこの監視は厳しさを増し、人目を忍んだこんな接触が手一杯となっているのが現状なのだと髑髏は言う。

つまりこれは、用心される同士で組んで、ロードシルトの目と手を散らそうという持ちかけだった。どちらかが動きを見せれば、ロードシルトは対応せざるをえない。さすれば自然、盤石の盤面にも穴が開く。それぞれの方角から揺さぶりをかけることで、今の停滞を崩そうというのだ。

一聞の限り、提案は辻褄が合い、相互に利のあるものである。

だが頭蓋骨に対し、まずカナタが覚えたのは憐れみだった。

――誰とも分かち合わず、誰とも共感せず、ただ己のみの世界を彷徨い、埋まらぬ虚に贄を盛る。そのような代物だ。変わらず、変われず、最早死人と遜色がない。

かつて耳にしたラーフラの述懐が脳裏を過る。この我法使いはまさしくその通りの生き物だった。

童の頃からただ報復のみに固執し、執着し続けている。生残者の自責よりもなおひどく、まるで人生そのものをロードシルトに捧げたようなものだった。

法の頸木に己の形を呪縛され、昔日より決して逃れられない。我法使いが強くて脆いとはこのことかとカナタは思う。

自身で語る通り、ロードシルトの陰謀を暴かんとするのも善意からのみではあるまい。我法使いの飢えを潤すはただグレゴリ・ロードシルトの首のみであるはずだ。

だがだからこそ、この話は信用できるとも考えた。恨みの火を原動力とする限り、ツェランの変節はありえぬからだ。

無論自分たちを利用してロードシルトの本体を表舞台に引き出す策を講じる恐れもあるが、するとしてもそれは窮余の一手としてだろう。そのように些少な可能性を危惧して協力を拒むより、組んで髑髏の握る情報を入手するメリットこそが遥かに大きいとカナタは見る。

そもそも協調しようとしまいと、自分たちのやることは変わらないのだ。元よりロードシルトの身辺を探るつもりでの来訪である。受けない道理の方がなかった。

肩越しに振り返ると、カナタの黙考の落着点を知り抜いてイツォルが頷いた。後押しのように、てのひらがそっと背に触れた。

唇の形だけで、「お人好し」と囁かれたが、それは見ないふりをする。買い被りというものだ。

確かに、ツェラン・ベルの生涯にわずかばかりの同情はした。彼の妄念を終わらせる手助けができればよいと、過去の己の似姿を救うことが彼自身への救済となればいいと、そう思わなかったと言えば嘘になる。

だが自分は、垣間見(かいまみ)ただけの人生へ口出しするほど傲慢ではないし、全面的な肩入れをするほど親切でもない。

視線を戻し、少年は髑髏に頷いてみせる。

「わかりました。お話を受けましょう。僕たちとしても、ラムザスベル公に振り回されるのだけはごめんですから」

表情など浮かべるべくもないしゃれこうべは、不思議にもその時、安堵を抱(いだ)いて笑むかに思えた……。

「以上が、僕たちが共同戦線を張るまでの大凡です」

剣祭出場までの過程と思わぬ同盟の経緯(いきさつ)を語り終え、カナタ・クランベルは一息を入れた。

ところはカナタとイツォルが逗留する宿の一室である。聖剣の友人だと無理押しをして、ケイトとオショウもここに部屋を得たのだ。

「そしてこちらは、その飼い骨が定期連絡用にと置いていったものです。少し前までは隔日程度で情報交換できていたんですが、現在、あちらからの音信は途絶えています」

　言いながら、市中で贖ったと思しき、真新しい小箱を開いてみせる。厚布に鎮座して、そこには子供の頭蓋骨が収まっていた。

「アーダル方面に出向くよう命じられたとの話でしたから、恐らくラムザスベルを離れているのでしょう。あ、彼からはロードシルト側の他の我法についても聞いているので、のちほどでお伝えしますね。僕の方からは大体こんなところですが、ここまでで何かありますか？」

「はい！」

「どうぞ、ケイトさん」

「ご伴侶様！　ご伴侶様と聞き及びましたけれど、やっぱりおふたりはそういう関係でいらっしゃったのですわね！」

「そこ、反応するところじゃないから」

「ケイト」

　すかさずイツォルとオショウに窘められ、娘はまたもしゅんと萎れる。

「失礼いたしました。弁えて、後でにしますわ」

「いえあの、できたら綺麗に忘れてください……」

　苦笑するカナタに、「よいか」と今度はオショウが発言の許可を求めた。

「この都市の探りはどうなったものだろうか。進捗があったなら聞いておきたい」

「残念ながら、あまり捗々しくありません」

　顔を曇らせ、少年は首を横に振る。

「僕が不甲斐ないのもあるんですけど、ここは人の出入りが多すぎるんです。イっちゃんでも追いきるのが無理なくらいに」

　剣祭の試合を縫って諜報活動を開始したふたりは、まず物流を探った。ロードシルトが取引する品目にこれまでと異なるもの、不自然なものが入り交じらぬかどうかを調べ、そこから彼の思惑を突き止めんとしたのだ。

　しかしこの調査の何よりの壁となったのが、ラムザスベルの経済活動そのものだ。カナタの語る通り、この都市は人の往来があまりに多い。商取引自体も比例して活発で、その数自体が一種の目くらましとして機能してしまっている。木を隠すには森の中とはよく言ったものだった。人数を用い組織的に動かぬ限り、この線からの辿りは不可能と知れるばかりである。

「だけど進展は皆無じゃない。あちこちで聞いて回って、ようやく企みに関わりそうなところを捕捉できた」

　重要施設には立ち入れぬ彼女だが、流石に宿に軟禁されるわけではない。

　買い物や観光を装って耳をそばだて、音だけの追跡によりロードシルトに連なる者の動きを探り当てていた。諜報術式を有する者としての、せめてもの矜持である。

「施療に使う霊薬の保管庫みたいなんですけど、それだけと考えるにはおかしなところがいくつかあったんです。イっちゃんの耳だと、地下に空洞があるのじゃないかって。潜入して確かめたかったんですが、まだできてません。地下の何かに気づけたのが一昨日というのもあるんですけど、そこには必ず、水面月と無道鎧のどちらかが控えてるみたいで」

「水面月はウィンザー・イムヘイム。剣に連動する我法だけど、法の圏内が広いらしくて剣の間合いの外にも効果が及ぶ。あと斬法の名前の通り、斬れないものはないみたい。無道鎧はフィエル・アイゼンクラー。こちらは逆に、身に着けた鎧を強化する法だって聞いてる。干渉拒絶の類と考えて、多分間違いないと思う」

カナタの挙げた法名をイツォルが補足した。

ここまでを聞いて、オショウが得心の息を漏らす。

「それで、天祐か」

イツォルが告げた「お願いしたいこと」とは、これに他ならぬであろう。敵方の備えを強行突破し、全貌を摑むだけの戦力を彼らは欲していたのだ。

些か危険を伴う話であったが、ケイトは既に力添えの意向を決めている。一度決断したらパケレパケレのように頑固な娘だ。何を言っても容れはしまい。何よりオショウ自身に、カナタらを助けたい心があった。僧兵はこの少年少女に好感を抱いている。よって、頼られるはやぶさかではなかった。

「はい」

「ん」

その理解に対し、カナタとイツォルは揃って申し訳なげに首肯した。

ふたりはあまり、オショウを頼るべきでないと考えている。

彼は皇禍に際して喚び立てられた、界渡りの客人だ。ならば魔皇に関すること以外に用うべきではない。この世界の問題は、この世界の人間が自助するのが正しいのだ。こんなつまらぬ陰謀に振り回されず、オショウにはのんびり幸福に暮らしていて欲しいと思う。

クランベルの血筋を考えれば失笑ものではあるのだが、これがふたりの偽らざる心境だった。それゆえ、罪悪感が顔に出る。

「負担をおかけしてすみません。僕にもっと力があればよかったんですけど……」

俯くカナタの言いを聞き、イツォルが眉をひそめる。

テトラクラム伯を務めた数ヵ月が、どうも悪い方角に作用してしまったものらしい。このところの彼は、ますます自責がひどくなっている。

聖剣を担った時もそうだった、と彼女は思い出す。責任感が強いあまり、彼は己の弱さ、至らなさを、昔からひどく強く悔いるのだ。人には背負わずともよいと言いながら、自身は黙って抱え込んでしまう。よくない傾向だと思いはするが、イツォルもまた似た側面を持つ人間だ。どうにも上手く取り成せない。

「カナタ・クランベル」

彼女がもどかしく拳を握ったところで、オショウが静かにその名を呼んだ。

「苗木に多量の水を注ごうと、すぐさま大樹となることはない。できることは、少しずつ増やせばよいのだ」

「……はい」

気遣われたことは理解しつつ、けれど言われ慣れた内容に、カナタはぎこちない笑みを浮かべる。それを察して、オショウは腕を組んだ。どうにか上手くない舌を回す。

「戦うより能のない俺であったが、今では放牧も任されるようになった」

「オショウ様、あれは駄目な例ですわ」

「むう……」

心底無念げな唸りに、たまらずカナタは噴き出した。この人にも苦手があるのだなあと、少しだけ気持ちが軽くなる。

話の腰をへし折ったと気づいたケイトが、続けて続けて、と仕草で促す。が、オショウにそんな話術があるはずもない。

「ええと、とにかく！　そう、とにかくですわ！」

窮した娘は無意味に声を張り上げた。

「友人が困っているのを見過ごして安眠できるほど、わたくし図太くないのです。こう見えて繊細なのですわ。ですから、カナタ様。お気兼ねなくわたくしたちをお頼りくださいまし。でこぼこだからこそ噛み合って補い合える。そういうことって、あると思いますの」

「——ありがとうございます」

今度は屈託なく応じて、カナタが一礼する。そのさまを見て、イツォルは少しだけ不満になった。何故だかお姉さんの立場を取られたような気がしたのだ。

「繊細？」

オショウをつついてから見上げ、遅ればせの揚げ足を取る。聞きつけたケイトが、「オショウ様？」と圧力をかけた。板挟みにされた僧兵は、イツォルではなくカナタへと向き直り、

「繊細だ」

「あ、はい」

重々しく告げられて、聖剣は苦笑交じりの相槌を打った。

*

「戻ったか」

ラムザスベル中央城塞。贅を尽くし絢爛に仕立てられたその一室に、錆を含んだよい声が響いた。

声の主は老人だった。だが衰えた印象のわずかもない翁であった。深い皺に埋もれた瞳はらんらんと強い意志の光を放ち、時間に倦み疲れた様子など少しも窺えない。白く長い髯は美しく、また力強く手入れされ、その先まで力に溢れて見えた。全身に、獣のような精気が満ち満ちている。夏山の草いきれの如く、むっと気圧される無色の熱がそこにあった。

指輪に腕輪、首飾り。ふんだんに霊術紋を織り込んだ装飾と衣服は、一目で一級の品と知れるものだ。だが恐ろしく値の張るであろうそれらの装いを、老人は見事に着こなしている。内包する気字が品々がする自己主張の全てを飲み干し、完全に従属させているのだった。

失帰の妖と恐れられる、グレゴリ・ロードシルトの威容である。

「このような夜分のご報告となりましたこと、ご寛恕ください」

彼の前に跪き、頭を垂れるは初老の騎士だ。今しがた某かの任から戻ったばかりらしく、脇に抱えた兜以外は鎧姿のままであった。

「口上はよい。結果を告げよ、アイゼンクラー」

「は。遺漏なくご指示を履行しております。物見より、今夜のうちにも太陽ら三名はラムザスベルに至るとの報告も届いております。ただし我らの行軍の遅れから想定外の交戦が発生、ために長い手を損耗しております」

長い手とは、アイゼンクラーが統括する特殊部隊の名だ。

諜報から暗殺まで、後ろ暗い働き全てに用いてきた精兵であり、護国の堅盾の武名を慕い、都市ではなくロードシルト個人に厚い忠誠を捧げる一団である。

「構わぬ。いずれツェランめの悪さであろう。我が似姿を損ねたところで、あれの溜飲は下がるまいに」

しかしロードシルトはその損失を気にも留めず、ただ満足げに笑った。

「クランベルの聖剣、セムの影渡り。水面月に飼い骨。既にしてこれらが腹中にあり、確定執行のウィリアムズとテラのオショウが幸運にも着いた。アーダルの太陽と神眼、カダインの甲冑繰りが至れば、全ての獲物は狩り場に揃う。げに剣祭のめでたきことよ」

畏まった姿勢のまま、アイゼンクラーは応えない。彼は自らが判断することをよしとしない。

ただ己が崇め忠誠を誓う英雄の、その意向に追従するのみと決めていた。主がそういうのならめでたいことであるのだろうと、反響のように思うばかりである。

「ツェランはどうしておる」

「ご差配通り、館に戻してございます。如何にかなさいますか」

小さく唸り、ロードシルトは顎を撫でた。そのままふた呼吸ほど思案をし、

「イムヘイムを監視に回せ。惜しくはあるが、大事の前の小事。次第によっては斬って構わぬと伝えよ」

「……承りました」

「アイゼンクラー、そなたは代わって酒蔵へ回れ。今宵より二日は任せる。骨めには、気取られるなよ」

「心得ております」

指示を終えるとロードシルトは顎をしゃくって、アイゼンクラーに退室を促した。騎士は立ち上がって一礼し、兜を被り直すと主の居室を後にする。

そこまでを見届けて、ロードシルトは複製体から我が意識を切り替えた。

ちょうど覗いていた窓を離れるようにして中央城塞の光景が遠のき、代わって見慣れた寝台の天蓋が視界を覆う。

そこは、どことも知れぬ一室であった。

部屋のあちこちに刻まれた霊術紋が、ほのかな輝きを放ち続けている。しかしどうしたことか室

内は、ぼんやりと靄がかかったように薄暗い。空間に開いた見えざる穴が、光明をいずこかへ吸い出すかのようだった。

甘い匂いが満ちていた。熟した果実のような香りは、やがて喉の奥で凝って正体を明らかにする。むせ返るほどに濃い、それは腐臭であった。寝台に仰臥した、ロードシルトの体が放つ臭気である。

しゅう、と。

蛇の呼吸めいた息を老人は吐く。そのたびに、爛れた匂いの濃密さが増した。

横たわるのは、威風堂々たる使役体のものとはまるで異なる、憐れに萎びた肉体だった。手足はない。既に腐れ落ちたかのようだった。残された胴も、人とは思えぬほどに変形している。体を形作る骨の全てを取り除き、白く糜爛させた楕円。彼の首から下にあるのは、そのような肉体だった。

しゅう、と呼吸をするたびに、体表からはぐずぐずと茶色い粘液が滲み続け、滴っては汚らわしく寝具に染み込んでいく。

人の成れの果てというよりも、巨大な蛆虫に無理矢理人間の頭部を縫いつけたような。醜悪極まる異形の姿であった。

だが彼の目はまだ死んでいなかった。瞳だけがただ炯々と、強烈な命の力を放っていた。

まもなくだ、と彼は笑う。

まもなく、全てが手に入る。我が法にて、私は全てを取り戻す。

呑法・魂食――。

それが老人の至った我法である。名が明かす通り、他者の魂魄を呑み食らう法であった。

呑まれた心魂は彼の内で人格標本として保存され、精神性一切を喪失し空虚となった五体は、肉人形として法の執行者の隷下となる。

こうして支配した人間を、ロードシルトは意のままに改変することができた。人形の骨肉を粘土のように捏ね回し別人に作り替えることも、更にはそこへ自身の人格を複写して操ることも。

現在ラムザスベルで政治を執り行うロードシルトは、そのようにかつての己の姿を模して造り上げた複製体である。

これら複製体と本体とは法力により非物理的に接続されており、ロードシルトは覗く窓を選ぶように、任意にして自在に主とする意識を切り替えることができた。

覗ける窓はひとつに限るが、彼の主意識がない状態においても、肉人形が活動を停止することはない。転写された人格により、それは自動で思考し、自動でロードシルトのために働くのだ。

更にはこの自動操縦用に、採集した人格を精神表層に纏うことも可能だった。対象者の魂魄を仮面のように装えば、その人間の記憶と感情を持つ、その人間そのものとして振る舞うことが叶う。どれほど親しい者にも見破りようのない傀儡の誕生である。

無論皮一枚を剝げば、その下に蟠るのはロードシルトの精神の複写だ。ゆえにこれらは彼のみを賛美し彼のみに従う我なき奴隷であり、我法使いを裏切ることは決してない。

このような使役体を、老人は市街に多数放っていた。あらゆる場所に目を光らせ、あらゆる地点から複製体を出現させるべくである。

　実に醜怪な法であった。

　世の全てを己の踏み台と信じて疑わず、他者をただ食い物と観じて顧みない。邪悪なる唯我独尊の発露に他ならなかった。だがその傲慢極まりなく肥大した自身への信仰は、際限なく法の力を高めるだろう。

　時さえかければ、比喩ならず世界を我がものとしうる。それだけの我法であり、エゴであった。

　が、近年のロードシルトには焦りがある。

　その時が足りぬのだ。彼自身の体に限界が訪れようとしている。このままでは本体の死と共に、全ての使役体、複製体までもが死に絶えてしまう。

　ために老人は、完全な自身の分身を作り出すべく試行錯誤を重ねていた。人格の複写は容易だったが、我法を含めた全人格転写は未だに成功していない。いずれの肉人形も、ロードシルトになる途中で精神、肉体共に容れ物としての用を為さぬほど損壊してしまうのだ。魂食は死者には及ばず、後に残るは老人と相貌を等しくした骸の群ればかりである。

　ロードシルトはこの理由を、生半な器には収まりきらぬ我が心魂の巨大さゆえと考えた。ならば人並み外れて強靭な肉体と精神にならば、この身を遷すことが叶おう。

　そこで老人が目をつけたのが、魔皇征伐の英雄たちであり、魔皇自身であった。斯様な器たちであれば、我が全てをも収容できるとロードシルトは帰結したのだ。

　更に考慮を重ね、白羽の矢を立てたのはカナタ・クランベルにであった。

彼の輝かしい若さを、眩き未来を奪い去り、我がものとする発想に、彼は喜悦で身震いをする。

この決断と心の動きには、カナタへの羨望が含まれていた。

魔皇を捕らえた聖剣の担い手。のみならずロードシルトが為しえなかった大樹界開拓に、新たな都市を築いて着手した少年。

彼が有するものの全てを、老人は妬んで嫉み、我が栄光を上回ることなど許さぬと誓ったのだ。

カナタのみならず、皇禍を打ち払った余の者らも誘い出すべく、ロードシルトは手段を講じた。

カナタへの複写が失敗した場合の備えとしてである。成功の暁にはそのまま食らい、我が一部と成せばよい。

ロードシルトは権勢を背景に否応なくカナタとイツォルを都市へ呼び寄せ、そののちアーダルへ謀を巡らした。

かの国より霊術薬を仕入れ、それを運搬した商団の幾名かを使役体に置換。都市を離れた頃合いを見計らい、肉人形から法を執行したのである。全転写の予行演習であり、必ず調査に携わるであろうセレストたちを挑発し、ラムザスベルへ誘引しようという思惑であった。

残念ながら実験は失敗に終わったが、後者の目論見は首尾よく運び、太陽らはまもなく老人の腹中へやって来る。

国に厚く遇されるウィリアムズへの手回しは困難と思われたが、こちらは招待状の他は何をするまでもなく、自発的にアプサラスを発ってくれた。我が身の幸運に、ロードシルトはほくそ笑むばかりである。

剣祭の決勝を終えたのち、老人は都市の全てを餌食とする計画であった。

万能の如く思える魂食だが、実のところ容易く魂を呑めるのは赤子や怪我人(けがにん)、病人といった精神力や意志力が弱った人間のみだ。心を強く保つ者へは、なかなか作用を及ぼしきれない。複製体から我法を行使する場合、この執行力は更に弱まることとなる。

ゆえに本来、そのような一斉捕食は不可能だ。

が、ロードシルトはこの前提を覆す手配りを施していた。ラムザスベル全域へ、既に彼の毒は浸透している。

湯水の如く金銭を使い、各地より多くの人間を集めたのも自らの食卓を賑わすべくだった。

有象無象ばかりでなく、剣祭に参戦した名高い剣士や英雄たちまでをも鬼一口にするのだ。我が力はさぞや増すことだろう。

未来を思って老人は目を細め、しゅう、と蛇の息を吐く。

我法使いたちがいるのも、またよかった。水面月、飼い骨といった獅子身中(しっしんちゅう)の虫(むし)のみならず、無道鎧までをも、ロードシルトは食らうつもりでいる。

自由意志による発現でなければ、その作用を著しく減じるのが我法だ。

では我が法により、当人の人格を転写したならば、どうか。

使役体が法を執行可能となるならば、ロードシルトは史上例を見ない複数の我法の所有者となりうる。さすれば人界を手中に収め、大樹界を暴かんとする彼の宿望も、大きく達成に近づこうというものだった。

腐れゆく蛆の如き体を見やり、かつて樹界の主に受けた呪いと屈辱を、身を焼く憎悪と共に老人は思い返す。

——必ずや、奴に目に物見せてくれよう。

漏れ出た忍びやかな笑いは、やがて腐臭をかき乱す、哄笑（こうしょう）へと変じていった。

5. 日暮れて道遠く

オショウとケイトが夜陰に乗じて宿を出たのは、ラムザスベルに到着したその日の夜のことだった。

なかなかの強行軍であったが、ツェラン・ベルの見立てによれば、ロードシルトが事を起こすのは剣祭決勝の後とされている。となれば猶予はあと二試合、わずか二日を残すのみ。一刻も無駄にはできなかった。

しかし翌日の午後に、カナタはソーモン・グレイとの立ち合いを控えている。テトラクラム側にとっても聖剣が勝ち進むのは大前提であったから、万端を整えるべく、不承不承ながら当人は床に就いていた。

イツォルは陽動役を担い、頃合いを見計らって単身外出し、宿に張りつく監視の目を一身に引きつけている。

ほとんどの知覚を容易く掻い潜れる彼女だが、今回に限ってはその異能も意味がなかった。

イツォルの術式はあくまで隠行であり、実体を消失させる類ではない。物理的に封鎖されてしまえば、それで潜入も脱出もままならなくなる代物なのだ。漫然と調査を行うならまだよかったが、今回のように特定施設を探りたい場合、これは致命的だった。彼女の存在を感知できなくなった時点で、備えて固く門戸を閉じればそれで対策ができてしまう。

加えてロードシルトは、元とはいえラーガムの重鎮である。国の内外で諜者（ちょうしゃ）として名高いセム家家伝術式の破り方を心得ないはずがなかった。

ために彼女は、いつどこで消えるかわからない状態での陽動を担い、隠密裏（おんみつり）にオショウとケイトを宿から抜け出させたのだ。これまで気取られぬ細心を極めていたイツォルが、突然人を用いての奇襲にやり口を変えるとはロードシルトも思うまい。

斯くしてオショウとケイトは酒蔵を目指した。

酒蔵とは、ラムザスベル第十三壁内に設けられた資材倉庫の通称である。霊術加工された薬品を、やはり術式を施した樽（たる）で多量に保管することからついた名だった。

「でももうあと残すところ二試合というのは残念ですわ。カナタ様の活躍も大半を見逃してしまいましたし。もっと早く到着すべきでしたかしら」

「うむ。だが」

「ええ、決して無駄な旅ではありませんでしたわよね。急いでは見えない景色もありますもの」

「うむ」

途上、ケイトは始終楽しげかつ饒舌である。

上機嫌めくこの振る舞いは、緊張から生じるのが半分だろう。気楽な物見遊山のつもりが思わぬ陰謀に巻き込まれ、気分の切り替えが追いついていないのだ。

魔皇のことがおよそすみ、この頃のケイトは生死の間境より離れ弛緩していた。これがゆえの遅滞であろうが、ようやく重圧から解放された娘の安堵を、誰が懈怠と謗れようか。

「それにカナタ様、イツォル様の手助けには間に合ったのですから、よしとしましょう。こういうのを、袖擦り合うも多生の縁と言うのでしたかしら？　わたくし、素敵な言葉だと思いますわ」

もう半分は、素直に上機嫌なのだろう。

ケイトは人に頼られ、また信じられることを喜ぶ性質である。大好きなもの、大切なもののためになら、死すら躊躇わぬ娘なのだ。世に悪意があるを知りながらのその無私は、オショウの深く敬うところである。

「そういえば実はわたくし、宿帳は偽名を書いておきましたの。きっとあれも功を奏しましたわね！」

「……うむ」

恐らくラカンとフェイトの名を記したのだろうが、サダクたち隊商と共にアプサラス王の肝煎りが都市に入ったとも、この両名がそのような名であるとも、既に知られるところであろう。

さすればさして意味のない仕業だが、それは言わぬが花というものだ。オショウは曖昧に頷いてやり過ごす。

「ところでオショウ様はどう思われます？」

「む？」

「カナタ様とイツォル様のことですわ。おふたりはやっぱりそういう仲でいらっしゃるのかしら！　イツォル様がとっても献身的で、あれが内助の功というものですかしら！　部屋は別でしたけれど、なんというかこう、距離が近くありませんでしたかしら！」

きゃあきゃあと黄色い小声で盛り上がるケイトを眺め、そういえば、とオショウは思い出した。過日、ケイレブより聞いた覚えがある。『ねーちゃん、恋物語とか好きだからな。始まると長（なげ）ーんだ』と。

まあ己と縁遠いものに憧れる心地は、戦場に生まれ戦場で死んだオショウにわからぬものではない。

半ば自分の世界に引き籠ってしまったケイトへ適度に相槌を打ちつつ、オショウは酒蔵に待ち構える者について考える。

フィエル・アイゼンクラー。初めて相手取る、我法使いなる存在だった。

『彼は、怖くはないそうです』

ツェランよりもたらされた情報として、そのように聞き及んでいる。

「強くない」ではなく、「怖くない」の意味するところとは、この人物が肝心要で必ず判断を誤るからだという話だった。

冗談口ではない。これは我法の一側面であった。

我法使いは、己の信じる現実を具現する。得手とする一面においては恐ろしく尖った性能を発揮するがゆえに、我法とは凄まじく有益なものと思われがちだ。そうして称賛されることで、我法使いたちは己の法への信頼を深め、その作用を増していく。

が、法は呪いに近似である。もし自身の短所を強く思い込めば、己を呪縛し弱めることもまたあるのだ。

　運不運を決め込む験担ぎめいた行動は、ごく普通に見られることだ。だが我法使いの場合、心の強さ弱さは特に如実に現れ、力量に反映されるのだった。

　認識と承認を繰り返し、彼らは信仰の深度を増していく。正負、どちらの方向にも。まさしく自縄自縛の有り様である。

『法の効能自体も解のない干渉拒絶みたいなものらしいですし、オショウさんなら、何も問題ないかと思います』

　かつてオショウとラーフラの一騎打ちを目撃したカナタは屈託なく太鼓判を押し、伝聞のみのイツォルも、『カナタがそう判断するなら』と同意を示した。

　だが僧兵は己がてのひらに目を落とし、思う。

　自分はこの世界にとって異物だ。喚ばれたのは魔皇を討つべくであり、それ以上にこちらへ関わってよいものだろうか。或いは自らの迂闊な行為が世に奇態なうねりを生み、思わぬ悲劇を生じさせる一因となるやもしれぬ。

　我が理想の一念により魔皇を救ってのち、彼は懊悩し続けていた。

　ゆえにオショウは、アイゼンクラーに共感する。誤ることに怯え、選ぶことを恐れる。現在の己と彼はほど近かろう。

　膨大な未来の選択肢を得た今、彼の拳には迷いがある。ただでさえ重力下の高速機動には、未だ不慣れがつきまとうのだ。心身の統一が為されぬこの状態で期待される戦力となりうるものかどうか、オショウは些か案じていた。

かつてより思えば、贅沢な話ではある。戦わねば死に、殺さねば殺される。そのような生き様に、思い悩む余裕などなかったのだから。

目指す酒蔵が、自嘲めく想念を打ち破るように火を吐いたのは、その時であった。

*

接近するふたつの足音を聞き取って、その兵士は帯剣に手をかけた。

ラムザスベル都市軍の装いをするが、彼は長い手（リングヒンゼ）に所属する人間だった。今宵こうして霊術薬保管庫の警備に当たるのは、全て彼と同じくロードシルトの私兵たちなのだ。

剣祭での負傷や、都市に押しかけた見物客らが起こす騒動の対処として、現在酒蔵には貴重な霊薬が集積されている。個人としてみればひと財産以上のものであり、不心得者が悪心を起こしてもおかしくはない。

──というのが、表向きの理由だった。

この保管庫にはごく一部の者しか知らぬ地下通路があり、ラムザスベル公はそれを用いて、秘密裏の動きを見せる様子なのである。

長い手（リングヒンゼ）の面々も真相は知り及ばぬが、恐らくラーガムという国の腐った上層部を一掃し、ロードシルトが玉座を得るべくの一手に違いなかった。彼らは一様に、忠節を捧ぐ主が過日の汚名を雪ぐことを願っていた。

礼を尽くし、聖剣を招聘したのもその画策のうちであろう。かの少年はクランベルから離れ、新たな都市を築く人物である。新王の右腕として申し分ない。

酒蔵出入り口の番とは栄えぬ仕事であるけれど、ロードシルトの栄光に繋がると信じる場を任された長い手の士気は高い。ゆえに、殺意も高かった。探る者を生かして帰さぬ心地をいずれもが備えている。

「よう」

「止まれ。この敷地は都市軍以外の立ち入りを禁止している。ただちに退去せよ。警告に従わぬ場合、殺害も認可の内である」

だから夜更けの闖入者が発した気軽な声へは、抜剣を以て対処した。

足音の主は、青年と少女のふたり組だ。

青年は杖を携え、袖なしの長外套を羽織っている。どちらへも術的装飾が施され、まず霊術士で間違いなく思われた。

少女の方は小柄でまだ稚く、年頃は十をいくつか越えた程度と見える。仕立てのよい衣服に身を包み、霊術士のマントの裾をぎゅっと握り締めていた。面差しは似ないが兄妹か何かであろうか。

「おっと、話が通ってなかったか？　オレはここへこいつを連れてくように、ラムザスベル公から言いつかっているんだが」

青年は少女の背に手を添えて、前に押し出すようにする。不安げな瞳が長い手を見上げた。

「そのような通達は……」

受けていない、と言いきりかけて、彼はぱちくりと瞬きをした。まるでふと、うたた寝から覚めたような仕草だった。

「聞いてるだろ？　いつもの手段で、連絡が来たはずだ」

「あ、ああ。そういえば、確かに。すまない」

慌てて剣を収め、兵士は謝罪した。

こうも重要なことをどうして忘れていたのかと、首を振って訝しく思う。そういえば先ほど、通行人を装った仲間が暗号を落としていったのだ。これよりラムザスベル公が必要とする人間が訪うので酒蔵に入れろ、と。

「いいさ。だが悪いと思うなら、謝罪代わりに中のお仲間へ事情を伝えてもらえるか。二度手間、三度手間の説明はごめんだぜ。それにいきなり剣を抜かれれば、オレだって肝が冷える」

「ああ、そうしよう」

野放図に伸びた前髪を鬱陶しくかき上げて、青年はにっと笑った。頷くと兵士は背を向け、内部の仲間たちへロードシルトよりの客人の来訪を伝える。

訝しげな声を上げる者もいたが、どうやら彼らもど忘れをしていたらしく、少女を見るなり通達を思い出して口々に青年に謝罪した。彼は、「いいってことよ」と大雑把にそれへ応じ、

「それより我法使い様はどこだ？　念のため顔を出しておきたい。挨拶を欠かすと、角が立ちそうだからな」

「アイゼンクラー殿ならいつも通り、地下水路の側にいらっしゃる。例の扉からだが道順はわかる

か？」

「大丈夫だ。案内は不要さ」

出入り口警備の者たちに見送られ、ふたりは酒蔵の中へ入り込む。マントの裾を摑んだまま少女がぺこりと一礼し、常になく和んだ心持ちで、長い手たち（リングヒンゼ）は手を振って返した。

「いやあ、いやいや、やるじゃねェか、ネス公」

蔵の扉が閉じられ、外部に声が漏れぬ位置まで移動すると、セレストはばしんと景気よく少女の背を叩く。

「！　!!」

勢いにつんのめりかけながらも踏ん張って、ネスは胸を逸らすと、ふん、と得意げに鼻息を吐いた。

長い手たち（リングヒンゼ）の明らかに奇妙な反応は、全て彼女によるものである。

封入式霊動甲冑を操るべく、ネスは強い同調能力を保持していた。

巨大にして自在に機能する体に恐るべき動力を備えた鉄の巨人は、しかし一切の意志を持たず、そのままでは指一本とて動かさない。これへ一種憑依（ひょうい）に近い形で接続し、代替の意志となるのが甲冑繰りたる彼女の役割なのだ。

しかもこの同調能力は器物ならぬ生命体、つまりは人間へも及ぶ。彼女は他者へ接続し、その記憶と認識を書き換えることができた。

無論、精神崩壊を生じさせたり、人格を書き換えたりといった多大な干渉は禁忌とされている。

倫理的な理由ではなく、ネス自身が同一の影響を被るためだ。対象の意識に深く潜れば潜るほど自他の精神境界は曖昧となり、感情や記憶は混濁して共有される。ゆえに同調中の他傷は自傷と同義なのだ。もし深く愛や憎悪を焼きつけたなら、自身も同じだけの感情を対象へ抱く羽目になる。

だがちょっぴり心の表層を触る程度ならば、ネスへの負荷は甚く軽度である。

誤った認識を思い出させる、初対面を既知と勘違いさせる、敵意や警戒を慰撫する、なんとない好意を抱かせるといった仕業はお手のものだった。

そして心は、かすり傷が自然治癒するさまに似て補完と修復を行う。埋め込まれた錯覚は自己欺瞞の覆いを纏い、外部からの指摘がなければ違和感すら覚えられないものと成り果せるのだ。

「いつもの手段で」や「我法使い様は」といった、特定するようでいて不分明なセレストの物いは、これを理解して補強する舌先だった。

「こっから先も、その調子でよろしく頼むぜ」

「！！！！！」

実に利便な才と見えるが、しかし母国で彼女が忌み子扱いされる理由もここにある。気づかぬうちに我が心を変質させうる存在を、一体誰が信じ、また愛そうか。

けれどそうしたことに、まるで頓着しないのがセレストだ。

ぐしぐしと頭を撫でられ首をぐらつかせつつも、ネスは満足げに口元を綻ばせた。

彼らアーダルの三名がラムザスベルへ着いたのは、夜も更けてからのことである。

界獣魔獣の活動が活発化する夜間、出入りの口を堅く閉ざすのが都市としては通例だ。しかし剣祭の最中にあるラムザスベルは、昼夜問わず外壁の門を開放している。無論多数の都市軍を配置して、安全を保障した上での処置だった。他都市には真似のできない振る舞いで、これもロードシルトの力の一端を見せつけるものと言えよう。

とまれこのお陰で、セレストたちは朝を待たずに都市に入ることが叶った。

到着した彼らがまず着手したのは、居留地にいる隊商たちへの接触である。セレストたちはアーダルの意向を受けて動く存在であり、それを証し立てる書面もある上、ミカエラの騎士という身分が強い。

彼らが探る隊商消失事件は都市と商団の死活に関わることでもあり、積極的協力を得るのは容易だった。

王女としての名は出せないが、ここにネスの同調とアーダルが置く駐留官の下調べとが加わって、調査はたちまちに捗った。

以後の手腕はミカエラの面目躍如と言えよう。彼は消えた隊商が、いずれもラムザスベルにマーダカッタなる霊薬を運んでいたことを突き止めた。その効能は酩酊による喪神。ひどく心の働きを弱らせる薬物であり、都市によっては流入を拒む品であった。

遭遇したあの奇態な死を考えあわせ、商団の死は口封じを兼ねたこの薬品の効能実験とミカエラは判断。

悪事に用いられるに相違ない霊薬を破棄すべく、これが保管されるロードシルトの酒蔵への襲撃を企てた。

『もう少し調べを続けておきたい。となると私は同行できないが、可及的速やかに対処したい件ではある。頼めるかね、セレスト』

『問題ねェよ。オレは特別だからな』

ミカエラの歯切れの悪さは我法使いとの遭遇を危惧したものだったが、セレストは言下にこれを切り捨てる。

『傍若無人の君にこそ、法が発現するべきと思うが』

『オレにゃ無理だな。オレは先を考えて、駄目なら次の手を考えちまう性質(たち)だ。悪く言や、諦めちまうのさ』

『ままならぬものだ』

内実を知る弓使いは案じ気味に嘆息し、そこでネスが霊術士のマントの裾を摑んだ。

『もう夜も深ェぞ。いつまでも起きてないで、餓鬼はとっとと寝ろ』

『!! !!』

邪険に振り払われかけるが、少女はしがみついて離れない。

『そうか。ではネス君、セレストは君に任せたい。頼めるかな?』

『！！！！』

そこへミカエラが割り込んで、過保護な騎士としてはあるまじき放言をした。

『おい！』

『逆に尋ねたい。君が単身で赴いたとして、酒蔵にはどう潜入するつもりなのかね？』

『そりゃお前……なんかこう、上手くするさ』

『！　！　！』

『却下だ。大雑把すぎる』

結局実利面で説き伏せられ、セレストはネスの同伴を余儀なくされたのだった……。


だが最後まで渋ったその結果が、現在の上首尾なのだ。

ここは機嫌を取っておくべきだろうと、望まれたままに手を引きながらセレストは思う。飴玉如きで釣れるのだから、子供ってのは安いものだ。

しかし巡回に我から声をかけ、ネスの惑わしと口先で情報を引き出しはするものの、目当てとするマーダカッタは影も形も見当たらない。ここに移送したというのは、相棒が調べ上げた確かな話だ。

脳内に内部の間取りを焼きつけながら、セレストは思案する。

――なら怪しいのはやっぱり地下水路、例の扉ってとこか。

そちらには我法使いがいると知れている。なるべくなら近づきたくはなかったが、今後の行動を考慮するならもう少し手掛かりの欲しいところだった。

「ネス公」

「？」

「もうちょい散歩を続行だ。キツくなったらすぐに言え。絶対に今できる以上の無理はするな。もし不調を黙ってたらオレが死ぬと思え」

「!!」

念押しにこくこくと頷くのを見届けて、セレストは歩みを早めた。これまでの観察と聞き取りから、例の扉とやらの場所は見当がついている。近づくほどに巡回兵の気配も増え、憶測が正解であることを示していた。

これだけの数になると、ネスひとりでの対応は困難だ。さてどうしたものかと足を止めたところで、

「何者だ！」

背後から厳しい誰何が響いた。前にばかり気を取られ、後方への注意が疎かになっていたのだ。胸の内で舌打ちをしつつ、セレストは両手を上げて振り返る。

「何者とはご挨拶だな。こないだ面を通したろ」

彼の言葉に合わせて、ネスが同調を執行した。見えざる意識の手で兵士の精神表層に触れ──直後、異常な感触を覚えて彼女は身を竦ませる。

接触した途端、眼前の兵士の心が不気味に変質したのだ。それはまるで冬の初めの湖面に張る氷のようだった。一見丈夫に見えて、足を乗せればたちまちひび割れ、その下には暗く冷たい水が渦巻いている。それは巣穴に潜むひどく恐ろしいものを刺激してしまった感覚だった。

突如身を引いて青ざめたネスに異変を察し、セレストが身構える。

ほぼ同時に、兵士の顔がぐにゃりと歪んだ。人格標本の仮面を剝がされ、露となった精神に相応しく肉体が変質を開始したのだ。

「なななんだだだこれれれは。なににをををした、むすすすめめ」

ごきごきと骨格ごと組み変わり、老人の相貌へと変形しながら兵士が呻く。

それが大樹界で骸を晒した隊商たちの死に顔だと、ミカエラがグレゴリ・ロードシルトだと告げた面だと気づくなり、セレストは詠唱を棄却して炎弾を放った。拳大の呪弾が青白く灼熱を纏って飛び、兵士の頭部を消し飛ばす。

が、ひと呼吸遅かった。

「アアイゼンンンクラアアァァァ！」

断末魔に似てそれは大音声を発し、これを聞きつけたか前方から、凄まじい破壊音が発される。あまり想像したくはないが、過日大樹をへし折った鎧の男を思い浮かべれば憶測は容易だった。

即ち、我法使いが酒蔵の壁を打ち破り、一直線にこちらへ走り来る物音である。

「悪ィ、欲をかいた。オレのしくじりだ」

詫びて、ぶんぶんと首を横に振るネスを尻目にセレストは圧縮詠唱。単音節で無数の炎弾を執行し、壁を爆砕する。

逃げ場の限られた屋内で、あれを相手取るのは骨が折れる。そう考えての逃走経路作成だったが、これもまた遅きに失した。仕上がった通路を駆けきるより早く、間近の壁を薄紙のように押し破り、全身鎧が姿を見せる。

霊術砲火の音響から所在をより正確に把握したのだろう。現れるなり打ち振るわれた棍棒（こんぼう）の如き腕を、咄嗟に展開した障壁で霊術士は受ける。尋常ならざる衝撃が防御霊術越しに骨まで軋（きし）ませ、セレストに苦鳴を漏らさせた。

「覚悟せよ。最早逃げ道は無い」

「ったく、生えたてだってのに、折れたらどうしてくれやがる」

叩きつけられた殺意にセレストが口の端（は）を歪めて肩を回す。

「！！！！」

「無理すんな。もう充分認識されちまってる。小手先の同調は通らねェよ。それに、我法使いってのは我が強いもんだ」

うろたえるネスに囁いてから、彼はその背をぽんと押した。破壊の向こうに射（さ）し込む月を目で示し、

「先にミカ公んとこ行ってろ。兵隊どもに絡まれたんなら遠慮はいらねェ。全力で惑わせ」

「！！？？」

「問題ねェよ。オレは、特別だからな」

袖なしの外套を大きく翻し、アーダルの太陽は杖を構える。

「我が身を挺するか。その判断、正しいと思うてか」

「正しいかどうかは知らねェが、大人にゃ餓鬼の前でカッコつける義務があんだよ」

おろおろと逡巡するネスを小突いて嘯くと、その手で前髪をかき上げた。

「無意味なことだ」

「お前の了見で決めつけんな。物知り顔で諦めるよりよっぽどマシさ」

「…………」

ぱたぱたと駆け出すネスを見送り、何を思ってか数呼吸だけ、我法使いは動きを止める。

「どうした。来ねェのか？　なら、唱えちまうぜ？」

正統詠唱を経てならば、霊術の威や作用範囲を本来より増幅しての執行も可能だ。よって先手先手で暇（いとま）を与えず封殺するのが対霊術士戦の基本となる。セレストの挑発は、これを踏まえてのものだった。

「剛法・無道鎧。推して参る」

がしゃりと音を立て、我法使いが向き直る。セレストがにいと笑って応じ、杖の尻で床を打つ。

直後、紅蓮の輝きと轟音（ごうおん）とが、眠れる第十三壁を揺るがした。

身を挺する云々（うんぬん）とやりとりは交わしたが、セレストにそうした殊勝な心持ちはない。単にネスが逃げるまでの時間稼ぎとして、話を合わせただけのことだ。

よって当然のように、彼は炎珠を執行する。瞬きの間（ま）に無数の火球が生み出され、立て続けにアイゼンクラーの周囲で炸裂した。

これが無道鎧に通じぬとは承知している。

だが響き渡る轟音と噴き上がる紅蓮は霊薬保管庫内の長い手（リングヒンゼ）をこの場へと誘導し、消火に手を割かせてネスの逃亡を幇助（ほうじょ）しうる。またミカエラに、アクシデントを通達する役割を果たしてのけるはずだった。相棒ならばこれだけで、状況を推察し的確に処するだろうとセレストは踏んでいる。

そしてこれは彼の意図せぬことだが、オショウとケイトが目にしたのも、まさにこの炎であった。

狭隘な通路に充満した爆炎は、アイゼンクラーのみならずセレスト自身へも襲いかかる。発生した爆風を敢えて正面から障壁で受け、セレストは後方へ、酒蔵の外へと撥ね飛ばされた。

それが不格好でなく、姿勢を保ってスムーズな滑空であるのは、既にして彼が浮遊霊術を執行するからだ。精妙にコントロールした障壁と浮遊の両術式によって荒れ狂う炎を乗りこなし、ネスの後を追うように、彼は酒蔵より夜に躍り出る。

炎珠、浮遊、障壁の三重執行。一流どころの霊術士でも目を剝くような荒業である。これによりセレストは、本来這うような動きしか叶わぬ浮遊術式を、高速度の移動手段として運用するのだ。

距離の維持と攻撃を同時に行う、独特独自の戦法だった。

そのまま浮遊の高度を維持し、アイゼンクラーが灼熱を呼吸しつつも平然と追いすがるさまを睥睨した。

この形から執行したいのは、無論真夜中の太陽だ。五王六武の干渉拒絶すら焼き食らう、獰猛に飢えた炎。解き放てば如何な我法とて耐えきれはすまい。だが太陽の執行には、セレストといえども正統詠唱を必須とする。

無道鎧の手の届かぬ位置に浮遊するとはいえ、それは膨大すぎる隙だった。

我法による防御ばかりに目が行くが、このアイゼンクラーの身ごなしは鍛え抜かれた戦士のものだ。今回も鎧以外の武具を備えてはいないが、詠唱の間に飛散した建造物の破片を投じる程度は容易くしてのけよう。兜もつけない頭部に石くれが直撃すれば、それで充分、人間は昏倒するのだ。

どうにか詠唱の猶予を作らねばならぬ状況だが、手を明かすならセレストは、切り札をもう一枚持っている。

真昼の月(パヘル・マー)。

魔皇との戦いののち、今後を睨んで編んだ術式のひとつだった。

火力面では真夜中の太陽(ラト・スール)とほぼ遜色がなく、圧縮による数音節での執行も可能。要求される霊素許容量に目を伏せれば、およそ優等と言ってよい霊術である。新作であるため知名度もなく、従って対応される可能性も低い。

だがしかし開発途中のこの術は、太陽に比して作用範囲が著しく劣った。正統詠唱を経て槍(やり)か剣、圧縮詠唱ならば拳の間合いが精々というお粗末さである。ために直撃させるには、相手をこの距離に捉えねばならなかった。あくまで霊術士であり、武術に精通しないセレストにはなかなか難儀な課題である。

実のところ無道鎧との初戦においても、彼は真昼の月(パヘル・マー)の執行を目論んでいた。ミカエラとの連係であれば、一撃は叩き込めるつもりでいたのだ。

しかしながら現状、弓矢の援護はありえない。さてどうしたものかと唇を舐めたところで、セレストははっと気づいた。

アイゼンクラーが、こちらを見ていない。

無道鎧が同じくセレストから目を切った状況が、大樹界での交戦の折にもあった。あの時の我法使いは樹上のミカエラを狙ったが――。

アイゼンクラーの視線を追い、セレストは強く舌打ちをする。そこに竦むネスの姿があった。連続する霊術砲火に不安を刺激され、立ち戻ってしまったものと思われた。

「どこ見てやがる、くそったれ！」

自身で障壁を構築できないネスの周りに、爆裂を伴う術式を振り撒くは悪手だ。アイゼンクラーの足止めにはなるだろうが、ネスに余波が及びかねない。とはいえこちらから障壁や炎壁を立ち上げた程度では、無道鎧が遮れぬのもまた事実。この我法使いはちゃちな阻害や炎熱など、歯牙にもかけずに押し通ろう。

霊術士は即座に浮遊術式を破棄。杖を捨てつつ落下の合間に脚力を強化し、数音節の圧縮詠唱を行いながら疾駆する。

愚かにも戦場へ舞い戻った娘を標的としつつ、アイゼンクラーはセレストの動きを把握していた。そして、思う。

――選択を誤ったな。

だがそういうものだとアイゼンクラーは諦念している。誰しもが誤るのだ。誰しもが局所に囚われ、大局を見失う。大を生かしたくば、時に小を見殺さねばならない。愛民は煩わすべし。その判断こそが上に立つ者の責務であり、大きな力を備えた者の義務である。

踏まえれば、アーダルの太陽の行いは愚の骨頂だ。後先考えず一時（いっとき）娘を守ったところで、己が敗れればそののち彼女が辿る未来が同じだと理解していない。この娘は捨て置いて、自身が撤退する奇貨とすべきであったのだ。

躊躇いのないセレストの動きに微かな羨望を覚えつつ、アイゼンクラーは娘へと手を伸ばす。彼の装う籠手は五指の分かたれた形状であり、大きく広げたその指でネスの頭蓋を握り潰さんという形だった。無道鎧を執行する以上、この腕を妨げる術は誰にもない――はずだった。

身を強張らせた娘か割り入る太陽、いずれかを捕らえ致命に至らせるはずの手は、しかし彼自身の意で静止する。ネスに触れんとする眼前を、炎が過ぎったのだ。

セレストの前腕を、白い烈火が取り巻いている。幾重にも螺旋を描いて燃え盛るそれこそが、無道鎧を退かせたものの正体であり、真昼の月の執行だった。

「惜しい」

「……!?」

白熱の帯が翼のように夜を焼き、陽炎を残してやがて消える。揺らめきの向こうで霊術士が呟き、声なき動揺をアイゼンクラーは漏らした。

無道鎧に守られた身なれば、無視してよい一撃のはずだった。だが恐るべきその輝きが我法使いを制動した。触れればただではすまぬという直感が為さしめたことだった。つまり彼は、我が法を疑ったのだ。

一点の曇りなく、信仰のように思い込めばこそ強まるのが我法である。疑念はただ作用を弱めるばかりに働く。もし今の一瞬、臆したアイゼンクラーがセレストの火を浴びていたなら。結果は我法使いの危惧する通りとなったであろう。

「そのまま突っ込んでくれりゃ、苦労がなかったんだがな」

いっそ優しく囁いて、太陽は火炎を宿したままの腕をひと振りした。白い輝きが、やはり翼めいて長く尾を曳く。挙動につれ、数瞬中空で燃えるこの火は、カナタの聖剣を、時間的に連続するかの剣閃を構成の基幹として編み上げたものだった。

「誰にもあの方を阻ませはせん」

歯軋りの下から、アイゼンクラーが呻きに似て宣誓する。

「そして、誰も俺を阻めはせん」

それは自らに言い聞かす文言であったろう。先鋭化した意志を反映し、無道鎧が聞こえざる軋みを上げる。

「簡単にゃ折れてくれねェか。……おいこらネス公」

「⁉」

少女はびくりと身を竦ませた。自らの軽率が危うい局面を作ったと理解して、早くから涙目だった。

「仕方ねェからもう逃げなくていい。そこで、オレの勝つとこ見てろ」

「！！！」

見栄を張りはしたものの、セレストの見るところ状況はよろしくない。不意打ち予定の札を防いで切る羽目になっている。真昼の月はいつまでも執行を続けられる術式ではなく、何よりこれを披露してしまった以上、アイゼンクラーも対策を取るだろう。当てる機会は大きく減じたと言えよう。無道鎧の速力を見る限り、ネスを連れての撤退も困難。

なかなかの切所だが、それでもセレストは余裕めかして口角を上げる。子供に不安を与えないのが大人の役目だと決めていた。

じわりと、アイゼンクラーが爪先で距離を詰める。セレストの右腕のみを警戒する、明らかな格闘戦の構えだった。霊術士がなんらかの術式を執行しようとした瞬間、或いは狭まり続ける距離が我法使いの間合いとなった瞬間、一息に襲撃して決着をつける意図だろう。セレストの勝ち筋とはその一瞬を見極め、炎腕を叩き込むことばかりである。

だがこのままの膠着（こうちゃく）すら、アイゼンクラーの有利なのだ。いずれ酒蔵内の消火を終えた長い手（リングヒンゼ）が、破壊痕を辿ってこちらへも来よう。ただでさえの優勢に数の利まで加われば、後のことは目に見えている。

両者の距離は更に縮まり、我法使いが腰を沈めた。肩から打ち当たらんという姿勢である。

肉体的な動きこそ見せねど、太陽もまた無数の手管を脳裏で巡らすに違いなかった。

ネスもまた、ぎゅっと小さな拳を握ってこれを見ている。ただ見守るばかりではない。彼女はアイゼンクラーへ、同調を仕掛けることを決めていた。錯覚程度の引き起こしではない。肉体の制御を奪い取るような、非常に深い接続である。ただでさえ禁忌行為である上に、対象は我法使いだ。強い自我への接触はネスに大きな反動と障害をもたらすだろう。だがそんなもの、知ったことではなかった。

三者三様に息を詰める。決着へ向け、大気が一点へ凝縮するようだった。

「無粋　仕る」

その緊迫を一蹴し、彼は告げる。

セレストとアイゼンクラーの間に割り入った影を、その瞬間まで誰も察知できなかった。

「ぬ！」

「げ」

「!?」

アイゼンクラーは咄嗟に飛び下がり、セレストはなんとも言えぬ苦笑を浮かべ、ネスはきょとんとその長身を見上げる。

「仔細は存ぜぬが、子供が怯えている」

「大助かりだぜ、オショウさん」

詫びめいて告げる僧兵に、腕に絡めた月を消してセレストは肩を竦めた。もう勝負はついた、と言わんばかりの仕草である。

「細かい話は後だが、あれをどうにかしてこっから離れたい。手ェ貸してもらえるかい？」

「うむ」

「駄目ですわ」

「うむ？」

重々しい頷きを遮ったのは、凛と明るい娘の声だ。膝を突きネスを抱きしめるケイトが、眦を吊り上げてセレストを睨む。

「セレスト様はこちらですわ。泣いているネスフィリナ様を放っておいて、何を遊んでらっしゃるのです！」

彼女の感情論に理屈では勝てぬと承知している。太陽はもう一度苦く笑い、「そういうことらしい」とオショウに手を振ると、我法使いに背を向けた。

雄敵の見せた恐ろしいほどの無防備であったが、アイゼンクラーは動けない。構えるまでもなくただ佇む、眼前の男に気圧されていた。

虎体狼腰にして豹頭猿臂の相である。そこには巨大な自然石じみた、無言の質量を伴う迫力があった。

「……俺を、妨げるか」

「然り」

面体からして、これがテラのオショウであろう。魔皇拿捕の立て役者と聞く。太陽の油断も、この男の武を信じればこそと思われた。

「ならば、お前に死以外の道はない」

金属鎧を纏うとは思えぬ速度で飛び下がったぶんの距離を詰め、アイゼンクラーが立て続けに拳を繰り出す。金属と法に覆われたそれは充分以上の鈍器であったが、

「仏騒なことだ」

呟きと共に、オショウは左手一本で彼の連打全てを撃墜した。目を疑うようなハンドスピードだ

った。

仏道において、羂索小突と称される仏技である。羂索――鳥獣を縛する縄の名を冠する通り、敵方の機先を制し行動を縛る、雷速の如き打突であった。

一見無造作と見える手打ち、力の入らぬ小突きだが、しかし一打一打に色即是空の理が充満している。無道鎧を纏う拳が打ち払われたも、万物を虚へ帰せしめんというこの仏理が通念したゆえであり、もし我法なくば、アイゼンクラーの手指は甲冑ごとひしゃげ潰れていただろう。

前に出ようとすれば顔を打たれ、腕を振るおうとすれば手を打たれ、我法使いは動き出しの悉くを封じられ、瞠目して半歩退く。

この間に僧兵は音を立てて合掌。次いで両の拳を腰だめに落とした。

金剛身法。

体内の気が高速循環を開始し、オショウを中心に練気圧による突風が生じる。が、アイゼンクラーは我法によりこれを無効化。怯むことなく掴みかかる。オショウは撃ち落とさずに応じ、両者はがっぷりと手四つに組み合った。

「これほどの、これほどの力がありながら！」

額をぶつけ合うほどの距離で、無道鎧は咆哮する。

「お前たちは何故、あの時現れなかった！」

心からの叫びであったが、同時にそれはただの繰り言だ。アイゼンクラー自身も、そのことは理解している。

だが、吠えずにはおれなかった。ないものねだりと知りつつも、そんな奇跡を望まずにいられなかったのだ。

フィエル・アイゼンクラーは、当時十(とお)と半ばだった。

武門に生まれ、体軀と膂力(りょりょく)に恵まれた彼は、既に成人と見做されて獣狩りに参戦し、その技量を磨いていた。いずれ一角(ひとかど)の武人として大成するだろうと、将来を目されてもいた。

界獣群の侵攻が起きたのは、そんなある日のことだ。突如ラーガム近郊の大樹界から姿を見せた獣たちが、奇態な意志統一の下、道中の都市を文字通り食い潰しつつ、王都を目指し暴走を始めたのである。

急報を受け、国軍は界獣の侵攻経路に展開。陣を敷いて激突に備えると同時に、人々の避難を助けた。

アイゼンクラーが所属したのは、この避難誘導部隊にである。

界獣襲撃の情報は周知だったが、到達までにはまだ時間的猶予があり、軍が同伴するというのが大きかったのだろう。王都よりの退避は大きな混乱もなく行われ、歳若いアイゼンクラーにも避難民の子供たちと交流する余裕があった。

『この立派な鎧を見ろ。鏡のように磨いてあるだろう。先祖伝来の品だ。これまでにも界獣魔獣と戦ってきたけれど、お陰で傷ひとつ受けたことがない。この俺が守るのだから、お前たちの安全だって決まっている。避難は無事すむし、すぐに元の暮らしに戻れるさ』

彼は少年少女に自慢の鎧を見せつけて、不安げなその心たちを慰撫して歩いた。

だから王都より離れてしばし、避難民をここで野営させ、自分たちの部隊は別動隊と合流すると聞いた時には難色を示した。最後まで責任を持って彼らを送り届けるつもりでいたからだ。

だが獣除けは施したから安全は保障されているし、合流しての任務はまだ危険な王都から更なる民草を救うためであると告げられてしまえば、当時のアイゼンクラーが信じないはずもない。

しかし彼ら国軍が離れたその夜、野営地は界獣群に蹂躙(じゅうりん)された。この報を聞くなり別動隊を率いていたロードシルトは取って返し、のちに大英雄と称(たた)えられる人間に相応しく激烈に戦って、界獣たちを打ち滅ぼした。

だが、遅きに失したことである。

避難民のほとんどが飢えた獣の胃の腑に収まっていた。あちこちに食い散らかしの肉と骨が散らばり、飽食のさまが窺えた。ただ弄ぶように殺されている者すらあった。

それでも幾人かが生き残っていた。

中にはアイゼンクラーが親しんだ少年もいたが、彼は無感情にただアイゼンクラーの鎧を一瞥し、嘘を罵ることすらしなかった。

自分は、憎しみにすら値しないのだと思った。

何を間違えたのだろう、何が間違いだったのだろうと懊悩した。他に道は無かったのかと、アイゼンクラーは自らを責め続けた。

そうしてある時、思い至った。

誤っているのは己自身だ。

誇れるは外見ばかり。この俺に中身などありはしない。信念も希望も何も、全ての判断が誤謬に満ちるなら意味はない。ならば決して壊れぬ強固な殻に押し込めて、決して開かぬ強固な檻に押し込めて、そうして誰にも災厄を及ぼさぬよう封をしてしまうしかない。

無道鎧。どこにも道が無いのは彼こそだった。

けれど悲しくも虚しいことに、こうして法に至ったがゆえに、アイゼンクラーは軍部に求められた。その武力を必要とされたのだ。

そして浅ましくも彼は、まだ少しだけ希望を持っていた。こんな自分にも、何かの役に立てるのではないかと。あの日の贖罪が叶うのではないかと。

しかし必ず過つアイゼンクラーは、自ら判断を下すことを恐れ、自らの知る最も高い名についた。

グレゴリ・ロードシルト。界獣たちを打ち払った護国の英雄。彼の示す方角だけを見、この大きな流れに身を任せれば、きっと安心だろうと信じた。世のため人のためになるであろうと信じた。彼のように偉大な人物が誤りなどすまいと信じ込んで疑わなかった。

王都防衛の折のロードシルトの采配に対し、疑問を呈する声はある。民草を餌としたのではないかと囁く向きもやはりある。

だが仮にそれらが真実であったとしても、ロードシルトが最小限の犠牲で界獣を駆逐したことに変わりはない。もし彼がそうしなければ、王都にあの酸鼻極まる光景が誕生していたやもしれぬのだ。

情に惑わず、大局を決して見失わない。それこそが英雄の資質であると、アイゼンクラーは考える。

ゆえに彼は主に尽くす。その道を、誰にも妨げさせぬと決めている。

だがこのような根があるゆえに、彼はこうも思うのだ。思わずにいられないのだ。

あの日の自分が、アーダルの太陽、テラのオショウのような力を持ってさえいたらと。彼らがあの時居合わせていてくれたならと。

それは自身の救済ならず、失われた命のための咆哮であった……。


「すまぬ」

無道鎧の激情に対し、巌のような面が、何故か詫びた。

「尊公に俺は間に合わなかった」

オショウの両眼に悼みを読み取り、アイゼンクラーは激昂する。そのようにありふれて安い同情で、彼の飢えは癒えはしない。

「知った口を……」

「すまぬ。衆生一切の幸いを望むは、この身の業であろう。俺はそれぞれの幸福の形も知らぬ」

中身のない言葉と見切り、アイゼンクラーは両腕に力を籠めた。

テラのオショウも長身だが、自分の体軀は彼を上回る。ひいては膂力にも勝ろう。更には我法のこともある。ぐっと上体を浴びせたアイゼンクラーに、オショウが「む」を眉を寄せる。無道鎧の法力により、僧兵の側の力が殺されているのだ。

多対一の状況において組み技など愚行だが、無道鎧に限ればそうではない。このまま力任せに打ち倒し、手足の一、二本をへし折ろうという魂胆だった。

「立ち技では勝ったろうに、迂闊に組んだお前の負けだ。もっと、頭を使うべきだったな」

優位を断じた我法使いが囁き、「うむ」と涼しい顔でオショウが応えた。

「では、そのようにしよう」

「何？」

「頭を使おうと申したのだ」

「あ」

オショウの意図を把握して、ケイトが声を上げ目を覆う。そして、直後。鈍い打撃音と共に、アイゼンクラーの兜が変形した。

「ぐう、あ……!?」

言うまでもなく、炸裂したのはオショウの頭突きである。金属へ全力で額を打ちつけたというのに、その面（おもて）には何の痛痒も窺えなかった。

仰け反るアイゼンクラーだが、オショウが両手を捉えて逃がさない。再びなんとも言えず痛ましい音がして、今度はネスが顔を覆った。我法ごと守りを粉砕され、アイゼンクラーの足が不格好な踊りめいてふらつく。

「この無道鎧に耐えきれぬものなど……耐えきれ、耐え……」

うわ言のように口走り、どうにか踏みとどまりかけたところへ次が来た。我法使いの動きが止まり、糸が切れたようにだらりと脱力する。その体を支えていた手をオショウが緩めると、彼は力なく地べたに転げた。

三面鉄鎚(アスラ・クラックダウン)。

三面六臂(さんめんろっぴ)の闘神に肖(あやか)った、杭(くい)を打つようなトリプルヘッドバットであった。

人体は七つの輪(チャクラ)を有すると仏道は言う。練気における最重要器官であり、この第六輪は眉間に、第七輪は頭頂に存在した。

つまり頭部とは両輪を擁し、強力な放気の起点となる最大の凶器なのである。これを用いた打撃には凝らした念が十全に乗り、その一打ごとが畜生道、餓鬼道、地獄道の三途(さんず)に比類する業苦を内蔵するとされていた。

「あー……その、なんだ」

一陣の風が吹き抜けた後、所在なげに声を上げたのはセレストである。

「積もる話がなくもないんだが、とりあえずこの場は退くぜ。いいな？」

「でもわたくしたち、ここの調査に」

「いや状況を考えろってんだよ。弓矢と同じだ。無理に数射るよりも、しっかり引き絞って放った矢の方が速く正確に飛ぶ。色々すり合わせと行こうぜ」

投げた杖を拾い直すと、セレストはネスにぱちりと強い爪弾きを食らわせた。

「オレも昔やらかしたからな。おしおきはこいつで勘弁してやる。わかったらとっとと泣きやめ。行くぞ」

「セレスト様！」

ケイトの抗議に霊術士が聞こえぬふりを決め込んだところで、小さく一同を呼ばわる声がした。

「皆、こっち」

物陰から手招きするのは、別行動のはずのイツォルである。オショウとケイトが向かうなりの火災で、様子を見に来たものらしかった。

「野次馬が出始めてるから、クレイズさんの言う通りにしよう。こっちに集まって」

全員が揃ったところで発揮されるのは、もちろんセム家家伝の隠行術である。そうしてオショウたちは影も見せずに撤退し、前後して酒蔵の火も消し止められた。

悪夢を腹に抱えたまま、ラムザスベルの夜は静けさを取り戻す。

*

瞼を開けると、寝台の天蓋が見えた。

身を起こそうとしたが、額のみならず全身に痛苦と麻痺があり果たせない。テラのオショウの一撃ごとに、無道鎧を貫いて感電するような衝撃が走った。今、体を苛むのは、それらの残滓であろう。

アイゼンクラーは深く無念の息を吐く。我法の根底は砕かれた。不壊の鎧は破砕され、ただ無様なばかりの己が露呈した。

何者かがこの身を運び、治療を施した様子だが、無為無益というものだ。最早自分は、何の働きも為しえまい。

「そなたほどの者が、後れを取ったか」

呟きを耳が拾い、我法使いはこの一室に余人のあるを知る。身動ぎして視界に捉えようとするが、やはり果せなかった。

「そのままでよい」

二度目の声で、アイゼンクラーはようやくそれが己の主と気づく。

「不覚でした。もう、お役には立てますまい」

深い諦念と共に告げた。この大きな流れからも見放され、自分は真正の塵芥となるのだろう。

「いいや」

だがロードシルトは、静かにアイゼンクラーを否定した。

「そなたはまだ役に立つ。私の役に立ってくれるぞ」

「…………」

それは道なき男に喜びを生むはずの言葉だった。が、どうしたことか、彼の胸は少しも動かない。

ああ、と得心をする。

またも自分は間違えていたのだ。己の我法による視野狭窄が解けて、アイゼンクラーは目を逸らし続けていた我が主の性情を認識する。しかし過ちを正そうという心すら、もう起こりはしなかった。

呑法・魂食。

ロードシルトが意図するのはこの執行だ。アイゼンクラーを呑み、他者の我法を我がものとしうるかを試験したいのだろう。それが叶えば、いずれ誰の手にも負えない怪物に到達できると、愚かにもこの男は信じている。

だがその誤謬(ごびゅう)を指摘することすら億劫だった。彼は疲れ果てていたのだ。

何が正しくて何が間違っていたのか、もうわからなくなってしまった。絶対的に大きな、皆のためになるものがあると、昔は思えていたはずなのに。

或いは今の己を過ちと思うことも、また誤りであるのやもしれぬ。これは先へと繫がる偉大な殉教なのかもしれぬ。

だとしても、もう全てがどうでもよかった。

己の忠義が少しも主に届かぬことを、全てを捧げた相手がまるで己を理解しないことを、今また知り及んでしまった。

——我が生を皮肉と呼ぶならその通りだろう。他者に判断を委ねる選択が、大局に従い心を殺す決意が、まず誤りであったのだから。

道など、どこにもありはしない。

我法の残骸は再び深い嘆息をして、無抵抗に目を閉じる。

「…………」

アイゼンクラーの諦念をどう受け取ったか。ロードシルトはただほくそ笑む。

酒蔵への襲撃は予期したものであったが、アイゼンクラーの敗北はよもやの事態であった。ゆえに一度は動転したが、すぐさまに思い直した。

法を砕かれ、負傷して弱りきった心。それは即ち、魂食の餌食として絶好である。まるで世界が我が身を祝福するが如き幸運であった。

「我が法に服せよ、アイゼンクラー」

喜悦を孕んだ声が言い、満面の笑みを張りつけたまま、ロードシルトの手が伸びる。

ぞろりと心が削られる感触を覚えつつ、フィエル・アイゼンクラーはひとつだけ気がかりを思い出していた。

それは彼が我法に堕ちてのち、十数年の歳月を経て再会した少年のことだった。お互い容貌も変わり果てていたが、アイゼンクラーはすぐさまに彼とわかった。無論合わせる顔はなく、名乗り出ることはしなかったけれど。

あちらは、どうだったろうか。この鎧を見覚えてはいただろうか。

少年の虚ろがいつか満ちるよう願ったを最後に、アイゼンクラーの意識は闇に溶けた。

6. 狗子仏性

一同がカナタの宿する部屋に揃ったのは、翌日、日が昇りきってからのことだった。イツォルの術式で酒蔵を離れたオショウらは、隊商居留地でミカエラと合流するというセレストたちとは一旦別れ、それぞれに夜を明かした。

気を逸らせたイツォルが情報交換を急ぎたがったのだが、『悪いが眠い。流石に頭が回らねェ』というセレストの発言で沙汰やみとなった。

アプサラスの二名もさりながら、アーダルの三名は随分な強行軍を続けている。ネスなどは手を引かれながら舟を漕ぐような有り様だった。これでは知恵も回るまいと、互いの居所を教え合い、再会を約してしばしの休息と相成ったのである。

ロードシルト側の襲撃を警戒しつつの仮眠であったが、幸いなことにどちらにも恐れたような事態は起こらず、斯くて魔皇に挑んだ者たちは、数ヵ月ぶりに一堂に会することとなった。

「そんなこととは露知らず、なんというか、すみません……」

それぞれが久闊を叙す中、ようやく昨夜のことを知り及んで所在なげにするのはカナタだ。

無論ながらひとり寝入っていたこと、騒ぎに気づかなかったことは彼の責ではない。

本日の午後に試合を控える以上、体調面で万全を期するのは当然だ。また酒蔵から第二城壁内のこの宿まではかなりの距離が開いている。酒蔵での騒ぎなど、イツォルでもなければ聞き取れまい。

なのだが、そこを気に病むのがこの少年である。黙々と椅子と卓を運び込むオショウの横でひたすらに恐懼する彼をイツォルとミカエラがなだめ、そこへ買い出しからケイトが戻る。

大あくびをしていたセレストが、「じゃ、おっぱじめるか」と音頭を取って、情報の共有が開始された。

会議を主導するのはミカエラとセレストの両名である。弓使いが議事進行を担い、彼に指名された者が問いに回答する。その要点を大雑把に霊術士がまとめていく流れだ。

自然アーダル側の未知部分が主体となるから、詳細を知るカナタとイツォルの発言率が非常に高く、アプサラスのふたりは手持ち無沙汰と言ってよい状況にあった。

オショウはただ黙して耳を傾け、ケイトに至っては外の屋台で買い込んできた飲食物を配膳したのちは、寝台にネスを座らせてそのふわりと波打つ髪を梳るのに集中している。

世話を焼かれるネスの方も、与えられた焼き菓子を木の実を齧る小動物のように両手でちまちまと食してご満悦の様子だが、ケイトの手つきが伸びたパケレパケレの毛を梳く手際だとは知る人ぞ知ることだった。

「ま、こんなとこか」

「ああ、大凡の見当はついてきたようだ」

やがて推察が煮詰まって、年嵩のふたりが頷き合う。

「大前提の確認だが、オレたちはロードシルトの邪魔立てをする。それで問題ないな？」

「ありません」

「うむ」

「ではその手段として、酒蔵の再襲撃を私が提示しよう」

首肯を得て、ミカエラが一指を立てた。

「これは各地より多量に運び込まれたマーダカッタの破棄を目的とする行為だ。マーダカッタは摂取すれば酩酊に似た症状を発し、やがて喪神に至る霊術薬だった。ロードシルトは剣祭決勝ののち、これを用いた何事かを企んでいる。彼が以前マーダカッタを使用したのはラーガム防衛戦で民間人を界獣の餌とした折だという。かつての成功体験を踏襲したものとすれば、まずよろしからぬ目論見だろう。実行手段を奪うに越したことはない」

「じゃあ、今夜、また？」

イツォルの問いかけに、「今度は僕も行きます」と勢い込んでカナタが続く。だがミカエラは首を振り、その後をセレストが引き継いだ。

「いいや、決行は明日の午前だ。今日カナタが勝ち上がりゃ、明日は聖剣と水面月の決勝になる。となりゃ試合の前後、グレゴリ・ロードシルトとウィンザー・イムヘイムは闘技場にいなけりゃならない。そして飼い骨は少なくとも敵じゃなく、無道鎧は昨日、オショウさんがへし折ってる。つまりその時間、酒蔵方面の戦力はごく手薄ってわけだ。狙わない手はないだろ？」

だが彼の描いた絵図面を聞き、カナタが顔を曇らせる。

「ラムザスベル公の手回しがあっても、それでも僕が勝ち抜けるとは限りません。相手のグレイさんは金銭に眩まない気骨で、その上単身、中型界獣を討ち取るという噂ですし……」

「すまないがカナタ君、君の勝利は大前提だ。ラムザスベル公は、間違いなく君に悪意を抱いている。水面月に君を打ち破らせ、恥辱を味わわせるつもりなのだろう」

「え……それは一体、どうして？」

ロードシルトに執着される理由が、カナタには微塵もわからない。そもそもラムザスベルを訪れて、初めて面識を得た相手である。これほど大規模な祝祭を催してまで陥れられる心当たりなど皆無なのだ。

「君は自分が周囲にどう見られるか、いい加減自覚すべきだ。聖剣を担い魔皇を捕らえ、更には大樹界に挑む新たな都市の統治者となり――。洋々たる君の前途は、落日を迎えた老人の羨望を受けても仕方ないものだよ」

「…………」

「標的である君が中途で敗退すれば、かの老人は大幅に計画を変更しかねない。その場合の行動予測はほぼ不可能だ。ならある程度、彼の思惑通りに事が進む方がいい」

ロードシルトが剣祭の完遂に拘ることは、昨夜の霊術薬保管庫襲撃事件の扱いからも知れている。彼は今朝方、霊術薬を盗み出そうとした襲撃犯の一味を拿捕したと公表していた。

セレストたちが実行犯だと見当はついているだろうに、敢えて虚偽の犯人を仕立てたのだ。そしてこれにより剣祭の進行に遅延が生じることのない旨を、広く触れ回っている。

「大舞台で君を辱めるのは、悪趣味からだけではない。ラムザスベル公の目的は君の心を折ることにあるのだろう。彼の我法は、他者の肉体を奪い取るものだそうだね？」

「ええ。ツェランさんからは、そう聞いてます」

「ならば恐らく、法の執行条件がそれなのだ。対象の心の弱りにつけ込まねば、心魂を奪うには至れないのだよ。マーダカッタの効能と考えあわせれば、まずそれで間違いないだろう」

少年の心が重圧を受けたのを察して、隣のイツォルがそっと手を重ねた。彼女の温度に、カナタは一瞬だけ気弱な笑みを見せる。

「難しく考えることはねーぞ、カナタ。単にお前が優勝すりゃいいってだけさ。そうすりゃ面倒ごとは起こらないし、テトラクラムに金も入る。ついでに水面月の心の方を、オショウさんよろしくへし折っといてくれりゃ万々歳だ。殺さずとも、我法使いはそれで無力化できっからな」

「……すごく、責任重大な気がします」

「だから気負うなって。できねェ奴には言わない無理だ」

「クレイズさん、あの、カナタはそういうの、駄目だから。とっても駄目だから」

「繊細だ」

「誰も彼も君のように神経が太いではないのだ。理解したまえ」

すかさず三方向から窘められて、「前はもうちょい言ってのけなかったか……？」と決まり悪げに霊術士は頭を掻いた。

「カナタ様、カナタ様」

そこへ割り込んだのがケイトである。菓子を食べ終えたネスがセレストとミカエラの間の席に収まり、ちょうど彼女も、会議の卓に戻ったところだった。

「でしたら相手の方を、オショウ様に闇討ちしていただくのはどうですかしら！」

名案顔からの身も蓋もない発言に、イツォルとミカエラは絶句する。

「オレでもやらねェぞ、それ。いや有効だけどよ」

「……ええと、次の対戦相手の方はラムザスベル公と深い関わりのない、純粋に剣祭に参加された剣士です。なので、それはちょっとよくないかと」

引き続きセレストが眉間を押さえ、ぎこちない微笑でカナタがどうにか収めた。「残念ですわ」と引っ込めたケイトが次の発案をする前に、

「それとオショウさん、いいかい？」

「うむ」

「話を戻して酒蔵の方だが、これはオレとオショウさんのふたりでやろうと思ってる。残りはカナタの後詰めだ」

「あら、何故ですかしら？」

「今述べたラムザスベル公の思惑は、所詮我々の憶測に過ぎないからだよ、ウィリアムズ君。状況に対応できる人数は多い方がいい。そしてセレストとオショウ君であれば戦力面、分析面に問題はあるまい。……多少大雑把になりかねない嫌いはあるがね」

小首を傾げるケイトに、ミカエラが応じる。

——この都市にはいやがるんですよ。グレゴリ・ロードシルトがそれこそ幾人もね。

飼い骨はロードシルトの我法について、そう語っていた。この複数のラムザスベル公がどう動くかも、また不分明である。

「それとな、ネス公のことがある」

「？　？」

「ペトペちゃんが、何か？」

名指された当人がきょとんと隣を見上げ、気がかりのふうで、イツォルが卓上へ身を乗り出した。

「昨日のことだがな、こいつがちょいと触ったら、ロードシルトの法っぽいのが解けた。それまで別人になりすましてたのが、いきなりあの爺顔になりやがったのさ。要するにネス公が同調すりゃあ、他人に化けてるロードシルトの化けの皮を剝がせるってわけだな」

「……初耳だが？」

「悪ィ、じゃあ多分言い忘れた」

じろりと睨む相棒の視線を受け流し、

「本当は事を起こす前に、こいつは逃がしとこうかと思ってたんだが、こうなるとそうはいかねェ。あっちにも面見られてっからな。つーわけでオレがいない間、なんとかこいつの面倒を見てやってくれ」

「もちろん、引き受ける」

「ええ、楽勝ですわ！」

頭を下げるセレストに、すぐさまイッォルとケイトが唱和した。歳よりも幼く見えるネスを、彼女たちは妹のように愛でるものらしい。

「助かるぜ」

「私からも御礼申し述べたい。ありがとう」

「‼」

そのやりとりを微笑で見守ってから、カナタが「それじゃあ」と口を開く。

「僕がすべきは次の試合の勝ち上がりですね。そのあとは英気を養って、決勝に臨む。セレストさんとオショウさんは決勝前を狙って酒蔵へ。他の皆さんは不確定要素の対応で会場へ入ってもらって、怪しい人物はネスさんに確認してもらう。こんな理解でいいでしょうか？」

「ああ、問題ねェ。とりあえず飯食って、それから今日はカナタの応援だな。オレたち魔皇拿捕組が雁首揃えてるさまを、あちらさんに見せつけてやろうぜ。きっと今夜はさぞ手堅く守ることだろうよ」

当然それを肩透かしさせる意図で、悪童のようにセレストが口の端を持ち上げた。

「到着が遅れてしまいましたから、観戦は初めてですわ。精一杯応援させていただきますわね、カナタ様」

「ありがとうございます」

素直に礼を言う少年の肩を、一足早く立ったセレストがぽんと叩く。

「出る前に、ちょいと時間を貰うぜ」

「え、なんでしょう？」

「腕治してる間にな、いくつか術式を編んだのさ。お前に用立つものが仕上がったから、もののついでに覚えてけ」

やはり悪さを企む顔で、セレストは片目を瞑ってみせた。

＊

カナタに先駆け、石舞台にひとりの男が立つ。

勲しのように満身数多の傷を帯び、如何にも歴戦の相貌をしていた。筋骨隆々たる体軀には、剣士よりも戦士といった風情がある。あらゆる戦場の機微を知り、それに合わせうるよう進化した肉体と見えた。手足は丸太のように太く、瘤のような筋肉がうねっている。

それでいて、鈍重な印象は少しもなかった。まるで武骨な鞘に収まる名刀である。その神髄は閃光のような速さと鋭さを兼ね備えるに相違ない。野放図に任せた灰色の髪は、まるで獣のたてがみのようだった。

大質量の巌めいた気迫は、オショウと相通じるふうもある。だが決定的に異なるのは、彼が他者を寄せつけぬ秋霜烈日の気配を纏う点だ。そこには安易な親しみを許さない、心身共に研ぎ澄まし、磨き上げた境地が宿るようだった。

岩穿ちソーモン・グレイ。

拡声術式が語り聞かせる信じがたいようなその来歴を、彼の五体は裏打ちしていた。

軍がてこずる魔獣の群れを単騎で引き裂いてのけたことも、争う二都市を調停すべくそれぞれの城壁を切り捨てたことも、最も高く謳われる岩紋龍との一騎打ちも、確かにこの男ならばしてのけるだろうと納得させるだけの威風を備えている。

手にするのは、龍を斬り伏せた折に用いたという一刀だった。グレイの体格と比するから尋常と見える刃渡りは、実際には大剣と呼ぶべき部類に属する。

幅広のこの刃にて、彼はかつて、恐るべき硬度で知られる岩紋龍の鱗(うろこ)を貫き通した。のみならず、手首の力だけで刀身を半回転させ、負わせた傷を更に攪拌(かくはん)。龍の肉体に同様の穴を数多作り上げ死に至らしめたのだという。

このことからついたあだ名が岩穿ち。ただひとりで中型界獣を屠(ほふ)る、凄まじき武功を称えるものであった。

「…………」

他を圧する彼の剣気を浴びながら、カナタはゆっくりと深呼吸をする。

「大丈夫？」

「うん、大丈夫だよ」

そっと寄り添うように囁くイツォルに頷いた。緊張はある。だが、臆してはいないはずだった。

きっと勝たなければならない。やり遂げなければならない。皆の期待に――。

「不安か」

強く拳を握ったところで、そう低く問われた。「はい」と頷きながら、カナタは声の主を振り返る。

「皆と違って、僕は才能がありませんから。いつだって不安です。だけど信じてもらえたからには、投げ出したくはないんです」

「うむ」

意味するところの取れない息をひとつ吐き、彼はしばし沈黙した。

「何か、お話ですか？」

「うむ」

「…………」

「…………」

この人が饒舌ではないことをカナタは理解している。だから彼が言葉を選ぶのを静かに待った。

「以前、最上位武士道と言葉を交わす機を得たことがある。殺生席第二位。斬ることに関してならば、俺の知る限り最も秀でた人物だ」

やがてオショウが紡いだのはこちらではなく、元の世界での思い出だった。

宇宙戦艦を一刀両断して一人前とされるのが武士道使いである。その中でもなお頭ひとつ飛び抜ける最上位武士道の太刀筋は、誰の目にもその見事が伝わるものだった。

ゆえに問答叶った折、オショウは尋ねたのだ。どのような才あらば、斯様な境地に至れるのかを。そして強さの果てに何を見るのかと。

「答えは、どうだったんですか？」

それはまさに今、カナタが欲する答えだった。頼られ託され、しかし応じきれない己の無力を、いつも彼は感じていた。

もっと立派でありたいのに、鎖に縛られたかのように足は前に進まない。悪い状況を打開できない。どうしようもない閉塞が、魔皇との対峙以降、カナタにはつきまとっている。

「かの仁はこう申された。『この歳まで刀を振るってわかったのはな、俺に剣の才などないってことよ』、と」

未熟な兵卒の無礼を咎めず、最上位武士道（ミフネ）は磊落（らいらく）に笑った。その顔を、オショウはよく覚えている。

そしてカナタの面持ちを眺め、あの時の自分も今の彼と同じような不満を浮かべていたのだろうと思う。

「恐らく俺は窘められたのだ。才を語れるほどの練武をお前は重ねたのかと。同時に激励されもしたのだ。生まれ持つ才覚など一か二に過ぎず、後天で千も万も積み上げられるものだと。全ては零か一かではない。その間には無数の数があるのだ。未だ一として現れざると思うとも、尊公は無ならず、ただ途中であろう。俺と同じく」

「僕が、オショウさんと同じだなんて……」

「己を未熟と見るならば、人と手を繋げばよい。合わせて無量の数となればよい。尊公を敬う者、想（おも）い慕う者数は多い。そも完璧な己を得ねば何事も行えぬというのなら、人は世に生まれ落ちることすら叶わなかろう。左様に囚われ自らを否定するは、為さぬ理屈に違いなく思う」

長広舌をしてから、はたとオショウは口を噤んだ。未だ悟入ならぬ身が、何を増上慢にと恥じたのもある。思想とは決して他に押しつけるべきものではない。自ら思考し自ら見出す過程にこそ、零が一へと近づく道筋にこそ価値が生じる。

だが慚愧にも増して思い至ったのだ。遠い日に贈られた言葉が、今も己の蒙を啓くものであることに。懊悩の鎖を解く鍵は、既にして身の内にあった。

「ま、要するに、だ」

受けて黙考するカナタの背を、ばしんと強くセレストが叩いた。

「お前はできる子で頑張ってる子だ、だから不安がるなとオショウさんは言ってるのさ。おら、わかったら背筋伸ばせ」

「……はい！」

少し吹っきった首肯をして、カナタは石舞台へと進み出る。少しずつ集中を研ぎ澄ましながら、抜剣した。歩みながら幾度か宙を斬れば、体の自在が感得できる。

——これまでのことに、無駄なんてなかった。

ふと、そう思えた。

胸を張れたカナタを関係者席から送り出し、セレストは前髪をかき上げる。

「まああいつはあれだ、どう認められたいのか、自分の形を見定めるべきだな。クランベルとしてか、テトラクラム伯としてか。聖剣としてか、はたまたどれでもない自分自身をか。どれだって構やしないが、周りに応えるいい子のままだと中身がまるで見えねェしな」

「なるほど、含意深い」

「……いや、オショウさんに言われるとなんか怯むな」

「ふむ？」

噛み合うとも噛み合わぬともつかないやりとりをしてから、セレストは観客の歓声に合わせて指笛を鳴らした。するとそれを聞いたネスが駆け寄ってきて、彼の服裾を引っ張り始める。

「⁉　！　！」

「ん？　ああ、やり方か。こう指くわえて、こうしてだな」

「……あまり下世話な振る舞いを教えぬように願うよ」

請われて指笛の鳴らし方を教えるさまにミカエラが苦笑し、

「カナタさまー！　がんばれー！」

その隣で、最前列に詰めかけたケイトが声を張った。

「ほら、イツォル様も、ほら！」

「わたし、そういうのはちょっと恥ずかしいんだけど……」

「カナタ様が負けてもよろしいのですかしら⁉　殿方は愛する女子の声を受けて奮起するものでしてよ！　物語にもそう書いてありました！」

「ええ……」

「オショウ様もセレスト様もミカエラ様も！　恥ずかしがらずに声援をお願いしますわ！」

イツォルの肩を摑んで揺さぶりながら、ケイトは男どもへも呼びかける。

「うむ？」

「おいあれどうにかしようぜ。オショウさんの担当だろ」

「むう」

肘で突き合う様子には頓着せず、妙に張りきったケイトは手をラッパ筒のようにし口元に当てた。

「それでは参りますわよー。せーの、カナタさまー！」

「カ、カナター！」


カナタの入場と滅法に賑やかな相手方の陣営を眺め、ソーモン・グレイはわずかに笑った。

（あー……）

周囲からは厳しい、恐ろしいと見られる面体の奥で、彼は流暢に思考する。

（聖剣君、爆発しないかなあ……）

衣食住のいずれにも困ったことがなさそうな、クランベルのおぼっちゃま。しかも若くして武芸に秀で、聖剣を受け継いで魔皇を打倒し、今では新都市の領主を務める人物なのだ。現時点でも大物なのに、まだまだ将来有望である。おまけに観客席から黄色い声が沸き起こるほど顔がいい。

更に関係者席に居合わせるのは、アーダルの太陽と神眼のふたり組だった。魔皇のこと以前から高名な顔くらいは、グレイでも心得ている。となれば他の面々は、同じく皇禍に挑んだ英雄たちに違いなかった。豪華極まりない顔触れが揃い踏みというわけだ。

（それに引き替えこっちはどうだい。人っ子ひとりいやしない。もうこの時点で負けてるよ。おじさん、孤高を気取るとかじゃないんだよ。ただ孤立してるだけだよ）

己が後背をちらりと眺め、グレイは誰にも悟られず肩を落とす。

（あとはあの子、セムちゃんだっけ。あれは絶対あれだよね。お互い憎からず想い合ってるとか、そういうヤツだよねー）

ふたりの仲は、これまでの試合前を見ていればもう瞭然だった。互いの手指を少しだけ触れさせたり、視線を合わせては外したり、今のように恥ずかしげにも必死の声援を送ったり。なんとも言えない甘酸っぱさが充満している。

（いいなあ、おじさんもそんな思い出欲しかったなあ。……そういやさっき飲み物を貰おうと思って、物売りの女の子に声かけたんだよね。そしたらあれだよ、「ひいあぁ!?」って仰け反られたよ。断じて黄色い声とかじゃなかったよ。「ひいあぁ!?」だよ。完璧に悲鳴だよ。うん、そりゃおじさん強面だしさ。いきなり間合いに入られたら驚くよね。ごめんね。というかおじさんみたいのが若くて可愛い子に話しかけちゃ駄目だよね。うん、お祭りだってんでちょっと浮かれてた。あー、やだなあ。これってどれくらいの罪になるんだろう。死罪は勘弁して欲しいなあ）

胸の内だけで嘆息し、ゆったりと剣を抜いた。カナタが舞台に上がるのに合わせ、軽くひと振りをする。

観客が一瞬静まった。ただそれだけの動作で、遠く離れた自分の席まで剣風が届いたように思われたのだ。

（いやもう女の子みたいな顔しちゃってさー。そりゃ人気者にもなるよねえ。これで強いとかずるくない？　もう世界中の不幸が彼に押しかければいいのに）

交友関係でも見た目でも予選敗退で、では実力はと言えばこれも危うい。

カナタ・クランベルの試合はいずれもが美しいものだった。相手を研究し、対応し、その上で自らの得意を発揮する地力が身についている。相当の修羅場を潜るか、まるで実戦のような鍛錬を日々繰り返すかでもしなければ、あのような判断の嗅覚は身につかない。そしてそもそもからして、倒した相手の格が違うのだ。

（岩紋龍がどうしたって話だよねー。そりゃ丁寧に解説してくれたけどさ。まず大きさとか硬さとかをいちいち説明しなけりゃならない界獣じゃん？　でもあっちは魔皇だよ、魔皇。もう名前出すだけで説明がついちゃう相手だよ。でもって聖剣君、それを降してるんだよ。やばくない？）

魔皇とは殺すために人を殺す、人類の天敵だ。恐ろしさは幾代にも語り継がれ、三ヵ国全てが共同で挑むほどの存在である。それを打倒するのみならず、捕らえて降伏させたのだから、武勇としては最上位の部類であろう。

一方自分の界獣退治など、ただ決まりきった行動を繰り返した結果に過ぎない。

岩紋龍は硬質の鱗を持つぶん、動作が鈍いのだ。なので注意するのはよくしなる首を用いた噛みつきと頭突き、そして同じく可動域の広い尻尾によるぶっ叩きだけでよい。それらを躱して足元に潜り込み、踏まれないよう気をつけて後足を潰す。ただでさえ鈍い歩行速度と旋回動作が更に鈍化するので、残りの足も穿って失血死待ち。少しも英雄的でない戦法だというのが、ソーモン・グレイの自己評価だった。

（しかもラムザスベル公から、「聖剣君に負けてくれたら金あげるよ」なんて言われちゃったしね。なんていうか、萎えるよね。いや当然断りましたよ。そういうの、聖剣君にも負かしてきた相手にも失礼でしょ。でも腕試しのつもりで参加しちゃったけどさ。実はラーガムって国の中でもう優勝者が決まってたりした催しだったら、おじさん、大分空気の読めない人だよね。あーやだやだ）

拡声術式に乗った審判の声が、試合開始の数え下ろしを開始する。

「よろしくお願いします」

一礼して、カナタが構え直す。堂に入った正眼だった。

「全力でお相手させていただく」

わずかに目を細め、グレイが頷く。

（あー、さっき呪っちゃったけど、君、怒ってたりしないよね？　虫も殺さない顔で、開幕おじさんの腕斬り落としたりしないよね？　大丈夫だよね？　君は優しい子だっておじさん信じてるよ？）

昨日（さくじつ）、ウィンザー・イムヘイムが為した惨劇を回想し、グレイは思う。そうしてカウントゼロと聞くと同時に、突いた。

岩穿ち。

界獣の表皮をも貫く突きに捕らわれたが最後、恐ろしい手首の返しが、骨肉どころか鎧をもくり抜いて刃を回転させる剣である。この幅広の刀身に攪拌されれば、それはもう致命の傷だ。だからソーモン・グレイは、当たってもいつもの癖で回転はさせないように気をつけている。

だがそれ以外の点に関しては、言葉通り全力だった。カナタの剣力を察するからであり、また彼をイムヘイムと対峙させ、ヒューイット・ムジクの二の舞とするのは忍びないと思い立ってのことでもある。

両者の間の大気ごと串刺しにするような切っ先を、しかし辛(から)うじてカナタは避けた。グレイと自身の膂力差を正確に認識、流しも捌(さば)きもできないと見て、咄嗟に横へ飛んでいる。いい目と優れた反応速度だった。

お返しとばかりのカナタの突きがグレイに迫る。が、岩穿ちは無造作に剣を横へ薙いでこれを弾いた。振り子のように振り戻しざま、カナタの右肩を狙って刺突する。

「見事」

「どうにかです」

鋼の噛み合う音が少年の左肩でした。グレイの剣尖を、カナタはわずかに逸らし凌いでいた。右と見せてすかさず逆へ仕掛ける高速の剣に、少年は対応してのけたのだ。

(あー、やっぱ強いわ、聖剣君。絶対どうにかじゃないよこれ。同じことしたら最初の虚に反撃してくるね。学習能力高すぎない?)

思う間に、カナタの剣が閃いた。両眼を狙って払われた、鋭く速い刃。躱され左へ流れた一撃を、カナタは袈裟に斬り下ろす。思い切りのよさから、初めから予定した変化であると思われた。視界に迫る白刃に怯え大きく上体を逸らしていたなら、続く二撃目へは対応困難であったろう。

だがこの程度の見切りを損ねるグレイではない。最小の距離だけ身を捻り、カナタの太刀行きを受け止める。このまま大きく弾こうとグレイが動くその寸前、岩穿ちの太刀に沿い上方へ、カナタが剣を滑らせる。再びの顔狙いだが、無理な形からゆえ勢いがない。

反撃を意識しかけ、次の瞬間、グレイははっと片手を我が柄から離した。咄嗟に下ろしたその手で、下腹部へ跳ね上がった少年の膝を受け止める。上体へ目を向けさせ、更に甘い一刀で迎撃に意識を逸らしておいての打撃だった。何者が彼の師匠かは知らないが、なかなかえぐ味の強い手も身につけている。

(こういうのもありか。楽しくなってきた)

受けきられたカナタが飛び下がり、グレイの口元に太い笑みが浮いた。

そこからの立ち合いは、約束された舞踏のようだった。

突く。

払う。

突かれる。

薙ぐ。

受ける。

流す。

右。

拳。

左。

剣のみならず五体を得物として、息詰まる剣戟が続く。

死力を尽くしながら、けれどいつしかふたりの剣は、無心にして全霊の遊戯めいたものへと変化していた。相手を打ち倒すのではなく、その力を引き出すために切り結んでいる。そのようにすら見えた。

ひとつの剣の次は、前の剣を必ずひと回り上回る。一段高みに上った側が手を伸ばし、もう一方を更に一段引き上げてゆくようだった。判断と思考は短縮化され、思考猶予の消失に伴って、ふたりの速度は増していく。

やがて、剣のぶつかり合う音が聞こえなくなった。

まるで互いを知り尽くしたように、それぞれの剣をそれぞれが見切り始めたのだ。ただ空を斬る刃音と呼吸音、踏み込みと回避の足音だけが入り混じる。息も忘れて、観客たちはそれに見入った。

「悪い」

「いいえ！」

滝のような汗と荒い呼吸の下で、時折そんな言葉を交わす。

「すみません！」

「気にするな」

そのさまは、ダンスパートナー同士が、相手のミスを補い合うのに似ていた。

ここは駄目だ。ここでもまだ駄目だ。決着は、もっともっと上でつける。

そういう思いが双方にある。

(あー、忘れてた)

実力伯仲同士が稀に至る、剣士として至福の時間だった。

己の感覚が、技が澄みきっていくのがわかる。

(食うの生きるので振ってきたが、剣(こいつ)は楽しいもんだったっけな)

自身だけではない。

カナタが音を立てて伸びてゆくのが愉快だった。これまで彼が積み重ねてきたものが、一瞬ごとに花開いていくのがわかる。

打って合わせて打ち合って。

——あと、三合。

永遠に続くかと思われた時間の中で、天啓のように両者は悟る。

一合。

腰だめからの岩穿ちを、カナタが上に撥ね除(の)けた。グレイの動き出しを読みきり、機先の技で力に押し勝ったのだ。

二合。

無防備となったグレイの胸元へ、カナタの切っ先が伸びる。しかし驚くべきか、岩穿ちは剣の腹を拳で打ってこれを払った。偶然でも自棄でもなく、見えてしてのけたことだった。できると、わかりきっていた。

そして。

互いに体を立て直し、生じたわずかの距離を踏み込んで、真っ向から刃を振るう。これが噛み合った直後、グレイの愛剣が半ばから折れ飛んだ。

美しく残心を取ってカナタは正眼に戻り、手の中に残った柄を眺めた岩穿ちは、それを握ったまま空へ諸手を上げる。降参の合図だった。

動きを止めたふたりへ向けて、万雷の喝采が起きる。

それを別世界の出来事のように聞きながら、どさりとグレイは腰を落とした。鉛を詰め込まれたように手足が重い。しばらくは動ける気がしなかった。

「聖剣を、抜かなかったな」

息を切らしたまま言う。「ええ」と頷き、カナタもまた糸の切れたようにへたり込んだ。

「あれはひどく消耗するんです。——ソーモン・グレイに勝つためには、使えませんでした。もし執行していたら、ここまで競り合えなかった」

「そうか」

敗北したというのに、奇妙な充実が胸にある。

「武運を祈る」

呼吸を整えつつ心から告げると、少年は明るく笑んで礼を述べた。

*

自分よりずっと大きな生き物の呼吸と足音。そしてそれらが柔らかく湿った何かに牙を立て、べちゃべちゃと食いちぎる音。もっと堅い何かをごりごりと咀嚼する音。

断末魔に入り混じるそんな音たちを、潰された天幕の残骸に埋もれたまま、ぼんやりと一晩中聞いていた。

親兄弟や親しかった隣人たちが界獣に貪られていく。そんな地獄絵図に泣きも叫びもしなかったのは、奇妙に薄い現実感のお陰だった。その酩酊がマーダカッタの効能であるとツェラン・ベルが知るのは、今しばらくのちのことである。

日が昇り、断末魔が界獣たちのものと変わった後も、彼はそこに転げたままでいた。

自分も、もうとうに食い殺されたつもりになっていた。屍の仲間入りをしたのだと思い込んでいた。

もしひとりの騎士が避難民の野営地を隈なく巡り、生存者の探索を続けてくれなかったなら、本当にそうなっていただろう。指一本動かさぬまま、そこで飢えて乾いて死んでいったことだろう。

だが命を救われても、ツェランの心は動かなかった。此岸は既に遠いものとなっていた。目に映る光景は透明な壁越しのもののようで、少しも現実感がなかったのだ。

だから恩人の、覚えのある見事な鎧を眺めたところで、何の感慨も抱かなかった。

王都防衛において尊い犠牲となった避難民の生き残りたちは、その全てが子供だった。ツェランと同じく、飲食物から摂取した霊術薬のために仮死状態になっていた者たちである。彼らは王都の祖竜教会に集められ、教会の運営する孤児院で育てられることとなった。

大樹界がある以上、獣による被害は絶えず、同様の孤児たちも多い。そのほとんどはお互い支え合う中で新たな道を見つけ出していった。

けれど数年が過ぎても、ツェランの心はやはり死んだままだった。命じられ、促されればその通りに動く。だがそれ以外の場合は部屋の隅で、糸の切れた操り人形のように座り込んでいるだけだった。

『家族を失って辛いのはわかる。でもね、君のお父さんもお母さんも兄弟たちも、君の今を望んではいないよ。彼らが欲しいのは君の笑顔と幸福で、そのために皆は身を擲って君を助けてくれたんだ』

神父が優しく説いてくれたので、本当だろうか、とツェランはひとりで考えた。

なら言いに来てくれればいいのにと思い、もしかして黙ったままなのは、ひとり生き残ってしまった、ひとり生き返ってしまった自分が憎いからではないだろうかと思った。

いつまで考え続けても答えは出なかったので、ある時彼は水と食料を詰めた長櫃を背負って教会を抜け出した。そのまま王都を離れて記憶のままに彷徨い歩き、奇跡的にもあの日の野営地に辿り着いた。

そこにあったのは不揃いの石で組まれた、簡素な回向（えこう）の塔だった。あの騎士たちが建立していったものであろう。

ならこの下には、あの日死んだ者たちが眠っている。

それで、ツェランは塔を掘った。手で掻き続けるのは効率が悪く、爪が剝がれて痛んだので、枝や石を利用して掘り続けた。そうして誰のものとも知れぬ骨が出るたび、丁寧に土を拭って長櫃に収めた。

寝食を忘れて作業を続け、一体どれほどが過ぎた頃だったろう。彼は、望んでやまなかった死人たちの声を聞いた。

その日ツェラン・ベルは法に至り、彼岸より帰り来た心は復讐を求めた。

いくつもの死を食らい、それを褥に肥え太る者を、彼は決して許さぬと決めたのだ。

死した者全ての恨みと憎しみを己は背負うと、ツェラン・ベルはそう信じている。思い込んでいる。そして妄念であろうと執着であろうと、我法とはそのような心の形を実現させるものであった。死者を繰るその力は、過去に束縛されきったさまをも証明する。

だから――。

「一体全体どういう意趣で手前を斬るおつもりで？　この手出し、老公はご承知なんですかい？」

「不愉快だ。何故おれがロードシルトの影を気にしなければならない」

襲い来る水面月の大剣を掻い潜りつつ、飼い骨はどうにかこの場を逃れる知恵を巡らす。

ふたりが対峙するは第十七城壁外、つまりは都市の外である。これはまったくの奇襲だった。ついにグレゴリ・ロードシルト本体が潜む館を突き止め、聖剣一味の協力を仰ごうとラムザスベルへ戻るところへ、物も言わずに振るわれた刃だった。

「あの爺はアイゼンクラーを食った。それで貴様の企みの全てが白日に晒された。だが勘違いするな。これは指図を受けてのことじゃあない。貴様、思っていただろう。おれを駒にできるかどうか、値踏みをしていただろう。それが気に入らなくて、おれは斬るのだ」

深く長い息を吐いて、イムへイムはぼそぼそと呟く。

「そいつぁまた、短気短慮で難儀なことだ。だがそうですかい。無道鎧が呑まれましたかい」

ツェラン・ベルは言葉を切って、なんとも言えぬ面持ちをした。

――この俺が守るのだから、お前たちの安全だって決まっている。

「とうに筒抜けだろうと決め込んでたが、どうしてどうして。律儀にお守りくださってたかよ。……こいつは、こいつは、仇討(あだう)ちの理由が増えちまったな」

物思う風情の隙を縫い、イムへイムの剣が閃く。が、それは長櫃から伸びた白い腕に受けられた。

「ありがとうよ、兄弟」

礼を言いつつ飛び退(すさ)り、ツェラン・ベルは三度続けて舌を鳴らす。夕日に赤く染まる大地を、通う人の影はない。助けを請うも逃げを打つも難しい場であり、それを見越しての仕掛けであろう。どうやら、やるしかないようだった。

「外法・飼い骨」

宣誓と同時に、長櫃から幾本もの腕が出る。いずれも白い骨の腕であり、ツェランのシルエットは直立した蜘蛛のようだった。距離を保ったまま小狡く円を描いて歩き、飼い骨は斜陽を背負う。相対するイムヘイムの目が、逆光に眩む位置取りである。

だが小細工を弄し威嚇はしてみたものの、水面月に対して自分は不利だと飼い骨は観じている。

この男がカナタ・クランベルに対するもののみならず、自分への抑止力であると気づいてはいた。

我法使い同士が対峙した場合、勝敗はどちらがより我が強いかによって決する。より意志の強い側の法が、相手の法を上書きして執行されるのだ。

しかしここにも相性がある。その伝で、ツェラン・ベルは圧倒的に分が悪い。

——骨の白さは恨みの白。怨念晴れぬその限り、これらは砕けることあらじ。

過日そう述べたように、飼い骨は死者への想いが強いほど、死者よりの想いが強いと信じるほど、骨の硬度を増す法である。その本質は死者との対話であり、死肉の使嗾だった。おぞましさこそあれ、直接的な戦闘力は低い部類だ。

対して、水面月。

法力の詳細は明らかならねど、これは斬法の名を冠する通り、万物を斬断する法であろう。しかもそれを執行するのは、剣士としても一流どころのイムヘイムなのだ。戦力差は推して知れる。

何より、これを不利と感じる精神がいけなかった。我法の強さは我の強さ。危ぶむ心はただ法を弱めるばかりである。

そんなツェランの内心を読みきったように。夕日に染まって、ウィンザー・イムヘイムは小さく笑った。

「斬法・水面月」

剣の間合いの遥か外で、大剣がひと薙ぎされる。あっと後ろに跳ねたが、遅かった。中空で両足を膝から断たれ、ツェランはもんどり打って土に転げる。

が、彼は苦鳴のひとつも漏らさなかった。

「――万骨啾々(ばんこつしゅうしゅう)」

執念の強さに法が応え、長櫃から無数の骨が出た。まるで間欠泉のように噴き上がり、それらは組み上がって巨大な人体を作り上げる。無論肉を備えない、人骨による純白の怪物だった。

四つん這いの姿勢のまま、落日の色を宿した骨は長大な腕を打ち振る。思わぬ速度を、イムへイムは危うく逃れた。

「手前、道半ばで死ぬわけには参りませんので。手向かいさせていただきやすぜ」

その頭頂から、ツェランの声が響く。

癇癪(かんしゃく)を起こした子供がするように、骨の巨人は平手で地べたを幾度となく叩き打った。びりびりと衝撃が大地を走る。人間などひと打ちに圧(お)し潰しそうな怪力だった。

だがイムへイムは慌てない。二度三度と後ろへ飛ぶと、やはり間合いの外から剣を振るった。

何の接触もないまま、大骨の腕が斬られた。次いでもう一方の腕が刎ねられ、両足がそれに続く。機動を失った胴体を斬法が幾度も走り、堅牢(けんろう)この上ないはずの骨を微塵に解体した。

最後にごろりと転げた頭蓋骨を一閃で唐竹に割り、そこで水面月は怒りを露にした。

頭骨の内にあるはずの、ツェランの姿がなかった。あったのは童のものと思しき、甚く小さなしゃれこうべである。頭部からした飼い骨の声は、これが発したものに相違なかった。イムヘイムが大物に気を取られるうちに、両膝下を失った男は如何にしてか逃げ果せていたのだ。

苛立ち紛れにイムヘイムは唾を吐きかけ、踵を返す。

その背をぽかりと暗い髑髏の両目が、嘲笑うかの如くに見ていた。

7.　花のありか

年毎に　咲くや吉野(よしの)の　山桜
木を割りて見よ　花のありかを

——一休宗純

その日の昼少し前、第十三壁内霊術薬保管庫が倒壊した。

都市軍はこれを先日の火で損傷した建物の崩落であるとし、霊術薬の混触危険回避の名目で立ち入りを禁じた。突然の事態に一時近隣は騒然としたものの、剣祭決勝がまもなくということもあり、都市中央部より離れた地点での事故は些事(さじ)としてたちまちに忘却された。

無論、倒壊は自然の出来事ではない。

高空からふたりの男が高速度で突撃したために起きた、人為的なものである。前日の打ち合わせ通りに敢行された、オショウとセレストの仕業なのは言を待つまい。浮遊霊術により自重をキャンセルしたセレストをオショウが引っ掴み、セレストが潜入時に見取った配置から見当をつけ行った突貫であった。

円錐(えんすい)状の結界を纏った迦楼羅天秘法(ヴァーハナ・スラスター)による突撃はいとも容易く建造物を貫通し、最短距離で先日探りえなかった水路へとふたりを到達させた。

そののち、「オレらならどっからでも外に出れるだろうし、構わねェだろ」との大雑把な意見により、霊術薬保管庫へ繋がる通路を破壊して封鎖。後顧の憂いを物理的に断ち、地下の探索を開始したのだ。

セレストの執行する光明に照らされたのは、天然の空洞だった。流れ水が地層を削り生成した鍾乳洞(しょうにゅうどう)である。

「妙だな」

周囲を見回して霊術士が呟き、「うむ」とオショウが同意を示した。

水路と呼ばれるそこには、しかし水の流れがなかった。まったく乾いているのではない。一帯は湿り気を帯び、ついこの頃まで確かに地下水脈があったことを教えている。

「金持ちの半分殿だ。上流に水門でも作ってるのかもしれねェな」

「ふむ？」

「水運を利用する時だけ、ここへ水を流すんだろうって話さ」

言いながら見渡して勾配を判断すると、セレストは上流へと足を進めた。適当な勘働きではない。

ロードシルトは各地より少量ずつマーダカッタを買い集めていた。この水路は、秘密裏にそれを集積させる際に用いられたものだろう。そして霊術薬を秘蔵するのは、来るべき時、為すべき目的に役立てるためだ。

となれば集積場から使用予定地たるラムザスベルへの移送は、なるべく迅速であるのが望ましい。水運の活用時というわけで、つまり荷の貯蔵地点として上流側の可能性が高かった。

潜入調査と言いながら、明かりを隠すでも足音を消すでもなくふたりは行く。「オレらなら何が出てもなんとかなんだろ」という大雑把もあるが、巧遅より拙速を尊重すべき状況であるというのが強い。両名としては一刻も早くロードシルトの一手を潰し、その上で剣祭側の手助けに駆け戻りたい心地なのだ。

だがその焦慮を嘲笑うように長く長く水路は続く。

「何も見当たらねェな。こいつは下流側を読み違えたか……？」

ぼやいて前髪をかき上げるセレストに、「とうに決勝も始まっていよう」と体内時計でオショウが応じた。

するともう、かなりの時間を早足に移動し続けたことになる。正確な現在位置は知れないが、ラムザスベルを相当離れてしまったのに間違いはなかった。

「こうも遠いとなると、こっちはロードシルトの抜け穴かもしれねェな。逆に上手くすりゃ、奴さんの本体に行き当たる可能性もあるが、どうする？」

「ゆこう」

返事は単純にして明快だった。一度断を下したならば、揺らぐべきでないとばかりである。

「じゃ、とことん行くか」

「その必要はない」

腹を括(くく)って口の端(は)で笑んだところへ、第三の声がした。

術式の光の輪の中へ、物々しく鎧を鳴らしてひとりの男が歩み入る。ぎらりと鈍く光る鋼には、覚えのある紋章が刻まれていた。

「フィエル・アイゼンクラーか」

「如何にも」

両手を広げ、巨軀がずしりと身構える。セレストが不興げに鼻を鳴らした。

「これより先へ、お前たちを行かせるわけにはいかぬ」

「てっきりへし折れたと思ったが、お元気そうだなくそったれ」

鎧姿は単身ではなかった。その背後にまだ数名の気配がある。だが供回りの援護を待たず、彼はセレストへ突っかけた。無道鎧の硬度を活かしたぶちかましである。
が、その突撃は横合いから伸びた腕一本により阻まれた。

絶大の防御を誇る剛法であるが、別段それで自重が増すではない。消去しきれぬほどの衝撃を受ければよろめきも、また大きく押し返されもする。つまり鎧武者ひとりを片手で吊り上げる膂力があれば、彼の頸鎧(ゴージット)部分をむんずと捉え、猫の子のように摑み上げることもできる。

無造作にその仕業をしてのけたのは、無論ながらオショウであった。

「悪く思うな」

打ち合わせのない行為だったが、状況に即応してセレストは圧縮詠唱。真昼の月(パヘル・マー)を執行すると、白炎を宿した掌底を鎧の腹に押し当てた。

陽炎めいて空間が歪み、甲高く金属音に似た軋みが上がる。収束された超高熱と干渉拒絶のせめぎ合いによる、世界法則の悲鳴だった。我法と霊術の衝突はやがて火炎の勝利に終わる。どろりと鎧が溶け崩れ、それが守っていた人体を霊術火と熱された金属とが焼き焦がす。

絶叫を上げる鎧姿をオショウが投げ捨てた。赤熱する鋼を握っていたてのひらだが、当然のようにそこには火傷（やけど）の痕すらもない。

二対一とはいえ、我法使いに対してあまりに圧倒的な制圧だった。

が、後背の者たちは怯まない。どころか一様に、同じ声で嗤笑（ししょう）した。

「無駄だ。ひとり殺した程度ではまったくの無駄だ」

「然り。一切が無駄なことだ。何故ならば」

「そう、何故ならば――我らは多勢なるがゆえに」

杖を掲げ、セレストが光を強める。霊術が暴き出したのは、グレゴリ・ロードシルトの顔をした男たちであった。

「呑法・魂食」

「我が法により我らは地に満ちる」

「そしてついに我が魂食は、他の我法をも呑み食らうことを果たしえたのだ」

うちひとりの肉体が、ぐにゃりと粘土細工のように変形していく。瞬きの間に仕上がったのは、フィエル・アイゼンクラーの巨体であった。

「剛法・無道鎧。さて、我らにいつまで抗いうるか」

瓜ふたつの人間がいるように、似通った我法は存在する。だが同一の人間がいないように、同一の法は存在しない。

それが不文律である。我法とは個の顕在であり、人間の形そのものであるからだ。しかしロードシルトの邪悪な意志はこれを踏み躙り、他の生を手中に収むるに至っている。アイゼンクラーを用いた実験により、そのことは証明されていた。

ゆえにロードシルトは絶頂にある。

この力あらば霊術薬などというまだるっこしい手段に頼らずとも、多くの心魂を食せよう。半分殿はそのように判断し、マーダカッタを用いた一斉捕食から、全人格転写用素体の複数確保と我法の収集へと計画の重点を移していた。ひとまずは量よりも質、というわけである。

特に欲しいのは飼い骨だ。死したものを繰るあの法は、生死を表裏に挟んで魂食と同じ働きをする。是非とも手に入れたい我法だった。

ロードシルトがここで待ち受けていたのも、クランベル一味の侵入を見抜いていたがためだ。酒蔵襲撃の件から一行の目的が霊術薬にあると看破。重要度を減じたこれを餌に、カナタらと協力関係にあるツェラン・ベルを釣り上げんと欲したのだ。

結果として期待は外れたが、アーダルの太陽とテラのオショウ、この二者を得られるのであれば不満はない。

「案ずることはない。そなたらの死は、あちらの私がそなたらの仲間に伝えてやろう」

「そして心せよ。死する前に気が弱れば、我らに呑み食らわれるぞ」

「だが恐れることはない。それは永遠だ。我らは永遠となるのだ」
満願成就を前に老怪人の舌はよく踊り、

「口は、ひとつあればよい」

直後、浮かれは微塵に粉砕された。

ふっとオショウが動き、二度ずつ左右の突きを繰り出したのだ。砲撃のような鉄拳が頭部を粉砕し、四人のロードシルトを終了させる。技ですらない技であり、至極単純な不快の表出であった。

「これほどか、テラのオショウ……」

一体だけ残されたロードシルトが呻きを漏らす。セレストが黙って肩を竦め、諦念と同意を並べて示した。

だが魂食はなお、敗北ではなく傲慢を顔に浮かべる。

「流石に驚かされたが、備えは怠らぬのが信条でな。先ほど、別の私が水門を開いた。今にもここに水が至ろう。最早逃れることは叶わんぞ」

それが虚偽でない証しに、地響きが地下空洞を揺るがしていた。本来ならば別の水脈へ流れる水をも塞き止めることで作り出された、鉄砲水の足音である。

瀑布の如き圧倒的水量の叩きつけを受ければ、衝突の衝撃だけで即死もありうる。運よく霊術防御でこれを免れたとしても、逃れる余地なく押し寄せる濁流に抗しきれるはずもない。障壁ごと押し流され、いずれ力尽きて溺死を迎えるばかりだ。

ロードシルトの哄笑を圧して、水音が迫る。

セレストが空洞の天井を振り仰ぐ。崩落を顧みずに、炎珠の爆撃で脱出口を穿つ思案だったが、遅い。視界の端できらりと水が光るなり、もう壁のような波濤が目鼻の先に聳っている。何をする暇もなく水のうねりは迫り、全てをひと呑みにした。

＊

「すっぱり、諦めましょう」

闘技場の石舞台の傍らで、言いきったのはケイトである。

昼を過ぎて尖塔の影が石舞台にかかり、剣祭の決勝が間近となっても、オショウとセレストが戻る様子はないままだった。魔皇に挑んだ七人の中でも、彼らは屈指の戦力である。またオショウの醸す安心感とセレストの陽性は、一同の精神的支柱として機能するものだった。

その両名を欠き漂い出した不安の中で、この娘は朗らかに、透明に笑ってみせた。

「仮に何かあったとしても、オショウ様とセレスト様ですもの。笑いながら踏み越えてお戻りになりますわ。なので、わたくしたちはそちらに心を割くよりも、これからのことを考えましょう。どんな事態にも対応できるようにしておきましょう」

「！」

自らの頬を両手でぺちりと叩いて、ネスが賛同を示す。次いでミカエラが、誰かを真似るように前髪をかき上げた。

「その通りだ。我々に不手際があった場合、『オレがいねェと全然だな』とそっくり返る輩に思い当たりがある。実際にされるのは業腹だ」

「ん、了解。カナタはあっちに集中してもらうとして、わたしたちは、どうする？」

言いながらイツォルは、対面の席を目で示す。舞台にはまだ上がらぬものの、そこにはウィンザー・イムヘイムが陣取っていた。全身を包む外套と手にした大剣。常と変わらぬ出で立ちで、射し込む陽光を帽子の鍔に受けている。

「卒爾ながら、よろしいですかしら」

「承ろう」

挙手したケイトをミカエラが促し、娘はちょこりと会釈して、「それでは」と切り出した。

「まずミカエラ様はイツォル様と、高いところへ行っていただきたいと思います」

「えと、どうして？」

「だって姿の見えない狙撃手というのは、とても怖いものではありませんかしら」

イツォルの隠行術により身を潜め、事あらば射よという差配だった。つまるところ暗殺の示唆である。

「それにオショウ様たちが戻ってらしたら、ミカエラ様はすぐそれにお気づきになりますわよね？」

「高所から目を配るなら、まあ気づけぬことはないだろうね」

流石ですわ、と手を打ってケイトは続ける。

「おふたりが戻られた時に騒動が起きていたなら、まず状況の把握が必要になると思いますの。なのでミカエラ様にはいくつか簡単な文を用意しておいて欲しいのです」

「文……というと？」

「あ、わかった。合流地点とか行って欲しい場所とか、そういうのを事前に書いておいて、見つけたら矢文するんだ」

イツォルの理解に、にっこりとケイトが微笑む。

「アンデールには大きな川がありますの。流れが速くて橋も少なくて、だから向こう岸とやりとりする時、石を手紙で包んで投げ渡すのですわ。川音が大きくて、叫んでも声が届かないのですもの」

「なるほど、意図は了解した。用意しておこう」

「わたくしとネスフィリナ様は、こちらで待機ですかしら。ネスフィリナ様は狙われる可能性があるようですから、わたくしが護衛いたしますわ。こう見えてもそれなりに嗜んでおりますから、ご安心くださいませ」

「!!」

心強い、とばかりにネスがくっつき、ケイトがその頭をくしゃくしゃと撫でた。

「ネスフィリナ様にはいざとなったら、化けの皮剝がしをお願いいたしますわね。大変なお仕事ですけれど、大事なお役目ですわ。おできになりますかしら？」

「！！！！」

やる気満々の姿勢に頷くと、ケイトは視線を上げて一同を見渡した。

「分担としてはこれくらいだと思いますけれど、何かありましたらお願いしますわ」

「いや、充分だろう。あまり細かく取り決めても足かせになるばかりだ。それぞれの行動指針を共通理解していれば問題はない」

「わたしも、同感」

ミカエラが弓張りの準備を始め、イツォルが自前の刺突剣と投擲用短剣の具合を確かめる。カナタのみならず本日は全員が、いざとなれば立ち回れる装いをしていた。

「ちょっぴり意外でした」

帯びた剣の握りを確かめるケイトに、カナタが小さく囁いた。

「あら、何がですかしら？」

「ケイトさんは、指揮の類もお得意だったんですね。することが明確なら、それに専念して安心もできますし」

「指揮だなんて、そんな大層なものではありませんわ」

謙遜めいた言い口だが、大凡のところ事実である。彼女の仕切りは迷子のパケレパケレ捜しや薬草摘みの折に経験した、効率的な人使いの延長に過ぎない。

「それよりカナタ様こそお気をつけくださいましね。立ち合いは誰にもお手伝いできないことですけれど、わたくし、武運をお祈りしておりますわ」

「ありがとうございます。精一杯を……」

言いかけたところで、ケイトが「いいことを思いついた」とばかりに胸の前で手を打ち合わせた。

「イツォル様、イツォル様。ここから離れてしまうと、カナタ様を声援できなくなってしまいます。なので今のうちに、ご存分に武運を祈って差し上げるのは如何ですかしら！　思いきって、こう、ふたりっきりの時のような親密な感じで！」

「う？　ううう……」

唐突に無理難題を吹っ掛けられたイツォルは困惑し、ちらちらとカナタを眺める。

だがそのまま逃げるかと思いきや、意を決して彼に近づくと、揃ってふっと姿を消した。術式の執行による、あらゆる意識、知覚からの隠形である。

ふたりの消失はほんの数秒だったが、認識が戻るなりケイトは頬を膨らませた。

「ずるですわ！　そういうやり方、わたくし、よろしくないと思います！」

「君のやり方も、些かを超えて押しつけがましい」

窘めるようにミカエラがケイトの肩を叩く。自覚はあったのだろう。はっとしてから娘は露骨にしょんぼりとして、

「申し訳ありませんでした。わたくし、はしゃぎが過ぎました。イツォル様、カナタ様、お詫びさせていただけますかしら」

「大丈夫です。僕は、えと、わりと得した感じなので」

自分の頬に触れながらカナタが応じ、イツォルはその背に隠れるようにして、気にしてないの意志表示でひらひらと手を振った。

「星の数ほどいるのが人だ。同じ形の恋路などありはすまいよ。つまり自分の道は自分で見出すしかないということだ」

ケイトの動機を見透かして、弓使いは片目を瞑ってみせた。


ゆっくりと吸い込んだ息を、同じだけ時間をかけて吐き出していく。

石舞台の上を睨みつつカナタがするのは、オショウより学んだ調息法である。偽薬効果かもしれないが、手指の先まで温度が通うような気がした。

全身を、ほどよい緊張が満たしている。午前を用いてイツォルと軽い練武を行い、体を解してあった。

昨日のソーモン・グレイとの一戦が、明確に自身の血肉となっているのを感じる。とんとんと軽い跳躍をして、鞘を払うとカナタは舞台に進み出た。

わっと歓声が上がり、一段増した熱気が肌を刺激する。

交じって声援するケイトと懸命に手を振るネスの姿を肩越しに見て、カナタはほんの少しだけ笑った。このふたりだけではない。イツォルもミカエラも、セレストもオショウも。皆が自分を信じ、託してくれている。

——だから僕も、信じて託そう。

何もかもを独力で成し遂げねばと信仰していた彼が、心から人を頼れた瞬間だった。

そうして聖剣は斜光を浴びるウィンザー・イムへイムに専心する。このことへだけ研ぎ澄ます。

「随分と手間をかけたがようやく斬れるな。見せてやるとしよう。英雄様が負けるさまを」

「僕は英雄なんかじゃないよ」

両剣士の対峙と同時に、拡声術式がカウントダウンを開始する。

「そんなご立派な誇りはないし、だから今の僕の心を折るのは、なかなか難儀だと思うけど」

「あの爺の思惑には、察しがついたか」

ロードシルトの我法を知るらしく、イムヘイムが応じた。ミカエラの推測した我法執行条件の正しさが、裏打ちされた格好になる。

「まあ、いい。口でならなんとでも言える。両手両足をなくした後で、同じ文句を吐けるか試すとしよう」

帽子の鍔を撫でた水面月に対し、カナタはただ少女のような面(おもて)に微笑を浮かべる。先の笑みとはまるで異なる、冷たく鋭い風情があった。

正眼のカナタが膝を沈め。

イムヘイムが大剣を肩に担ぎ。

そして秒読みの完了と同時に踏み込んだのはカナタだった。恐るべき瞬発力による雷光のような迫撃であったが、イムヘイムはこれに反応している。

彼と相対する者は、揃って水面月を恐れ距離を詰める。斬法が剣の動きに付随して執行されると見て取って、物理的に切り結ぶ間合いを選ぶのだ。斬撃に対応できさえすれば、同時に我法を封じうると信じるのである。

ゆえにこうした速攻に、イムへイムは慣れきっていた。対処は心得たものだった。

「浅はかだな、聖剣」

吐き捨てて、間合いの外で剣を薙ぐ。

が、我法を執行しての一刀を、ひょいと身を低くしてカナタは避けた。全速力で仕掛けると見せかけての、読みきったサイドステップである。

だが内懐には入らせていない。未だ間合いは斬法のものだ。舌打ちしつつ、更なる剣をイムへイムは送る。

「なんだと……!?」

しかしそのどれもが少年には届かなかった。軽やかにカナタは水面月を躱し続ける。彼の目は刃ではなくその下を、影を追っていた。彼の法を、明らかに見切った挙措だった。

即座の血飛沫(ちしぶき)を予感した闘技場に、どよめきが起きる。

「ああ、やっぱり」

得心顔で聖剣は呟いた。

「ずっと不思議だったんです。どうして日差しを正面から受ける側に行きたがるのか。逆光なんて不利になるだけですし。でも、こういうわけだったんですね」

独白のように紡いで、カナタは思い出している。

試合のたびに石舞台に落ちていた尖塔の影を。最初の対峙も曙光の中だったことを。

「水面月は影斬りの法。自分の影と接触した、別の影の本体を斬り捨てる。だから自分へ向けて、長く影が伸びてくれる方が都合がよかった」

あの時、カナタに斬法の初太刀を避けさせたのは、自身にも由来の知れぬ勘働きであった。だが今ならばその理由がわかる。

水面月の執行に際し、イムヘイムの目はカナタの影のみを追っていた。その不自然が、少年に危険を直感させたのだ。

無論、本来のイムヘイムであれば、そのような失態は犯さなかったろう。帽子の鍔で視線を隠し、決して注目を悟らせなかったはずだ。だがカナタの隣にはラーフラがいた。人類の天敵たる魔皇への警戒が、彼に虚飾の余裕を失わせたのだ。

そして小さなその綻びが、カナタを解法へ導いたのである。

「…………」

イムヘイムの沈黙が、何より雄弁な答え合わせだった。

聖剣の見極め通り、斬法は影を断つことで実体を断つ逆転の法だ。水面に映る月を斬る行為は、天空の月になんら影響を与えぬが道理。しかし彼の法は、水面を斬って月を斬る不条理を為す。

我法とはそういうものだった。万象に通じる理である必要はない。影は本体と密接に繋がり、それを傷つければ実体もまた傷つく。我法使いがそう信じるなら、法の圏内においてそれは真実となる。

イムヘイムが長大な剣を用いるのは、間合いの拡大により、影を狙う動きを気取(けど)らせにくくするべくであった。

「図に乗るなよ、小僧」

歯噛みしてイムヘイムが激情を露呈する。

彼の憤激は、しかし自らの法を見抜かれたことに端を発するものではない。

自身がカナタ・クランベルの下風に立ったと、彼の影に覆われた感触を覚えたがゆえのものだった。

ウィンザー・イムヘイムは妾の子である。

父は小都市の貴族階級であり、母はその金で囲われた流民だった。

さして興味はなかったから、詳しくは知らない。だがイムヘイムと血の繋がったその男は、本宅に居場所がないようだった。都市の運営にも携われず、いつも酒の匂いを漂わせていた。

そうした日々の鬱憤晴らしだったのだろう。男はよく母とイムヘイムを殴った。

『お前らが誰のお陰で生きていられるのか思い知れ』

殴りながら、そう言い続けた。

男が姿を見せない折も、イムヘイムに安息はなかった。血の繋がった女は、今の身の上の責を全て我が子に押しつけたからだ。

『あんたさえいなければあたしはどこへでも逃げられる。だけどあんたがいるから、あんたを死なせてしまうのは可哀そうだから、あんな男に生かされなきゃならない』

言いながら女は、イムヘイムを蹴り続けた。

だから彼はこの男女の下に属するのをやめた。己を支配するこの影より逃れることを決意した。体ができあがる歳までは我慢して、それからふたりに、自分たちが誰のお陰で生きているのかを思い知らせた。許し、見逃してやっていたのがどちらであるかを教え込んでやった。

暴力に暴力を返されたふたりの顔は滑稽だった。自分が強いと思い込んでいた者たちが、必死に命を乞うさまは愉快だった。

だがそれ以上に鬱陶しさが勝ったので、イムヘイムは彼らを斬り捨て都市を離れた。

死とは敗北である。上下で言うなら確実に下だ。ゆえにこのことは、彼が最初に得た明白な勝利である。

以来、彼は漂泊しつつひとりで生きた。

常に旅装であり、ひとつところに留まることは絶対にしなかった。

長居をすれば、無駄な人間関係が構築される。それは上下関係という影に派生して、彼を拘束するからだった。

そうして己の生から他者の影を切り捨てるうち、いつしか至ったのが斬法である。未だ父母の影響から逃れえない、幼稚と未熟の表れだった。

性情斯様なるイムヘイムがロードシルトと手を組んだのは、「聖剣を斬れ」という誘い文句をひどく魅力に感じたからだ。

魔皇を捕らえた聖剣に勝(まさ)ったとあれば、イムヘイムを下に見る者は消え失せよう。誰も影を及ぼせなくなる。

加えてもうひとつ、老人と彼の間には約定があった。不死不滅の生である。

我法の執行による永遠を、半分殿は水面月に誓ったのだ。イムヘイムの観念において、死とは敗北だ。永遠の命とは完全なる勝利であり、彼の飢えを満たしうるものだった……。

「この身、既にして一剣なれば。危地において恐れず、死地において惑わず。而して、吼え猛れ！」

イムヘイムが発した感情のうねりを好機と見たか、カナタが詠唱を遂げる。

聖剣抜刀。

少年の眩い金色が刀身を取り巻き、火炎のように噴き上がる。

それはかつてこの地に根づいた界渡りの編んだ術式。異界の理に立脚し、異界の血脈を有するものだけが起動しうる秘法である。

しかしながら、イムヘイムは軽侮の目つきでこれを眺めた。

界渡りの血が薄れた現在のクランベルに、聖剣の執行が恐るべき負担となるとは知れたことである。

確かに水面月は執行条件を見抜かれた。正眼に据えた聖剣の輝きにより、刃先の届く位置からカナタの影は失せている。だが状況は、ようやく剣と剣の戦いとなったに過ぎない。ここで勝負を賭けるなど、早計以外の何物でもなかった。

我法なくとも、ウィンザー・イムヘイムは一流の剣腕を備えている。これを以て耐え凌げば、いずれクランベルが自らの聖剣に食われるは明白だった。如何に強力な術式とはいえ、所詮は諸刃(もろは)の剣(つるぎ)である。

この思考から、イムへイムは更に激しくカナタへ仕掛けた。火の出るような太刀筋が乱れ飛び、存分に得物の利を活かして攻め立てる。

が、噂に聞く滞留斬線は用いず、聖剣は丁寧に、ただ丁寧に、イムへイムの剣をいなしていく。水面(みなも)へ投げた小石が川流れに少しの影響ももたらさぬように、イムへイムの斬撃はひとつとて少年に届かない。抜刀維持の疲労など少しも見せず、涼しい顔をしてのけていた。

無呼吸の運動に限界をきたし、イムへイムが飛び下がる。

しかしカナタはぴたりとこれに追随した。一杯に体を伸ばした片手突きが水面月の肩を抉(えぐ)り、刹那手首を返して傷を広げたのは、岩穿ちより習い覚えたやり口だ。

小さく呻いてイムへイムは更に後退し、カナタが今度は追わずに見逃す。

受けきられ、押し返された我法使いの顔には、動揺が張りついていた。確かに力攻めではあった。だが聞き及ぶ聖剣の消耗を考慮すれば、こうも長く打ち合えるはずがない。カナタ・クランベルの体力こそが先に尽きるはずなのだ。

「貴方は、少しも他人を見ないんですね」

「何……？」

「そんなに強いのに、誰とも正面から向かい合わない。俯いて、落ちる影ばかり追っている。それじゃあ僕の目鼻だって見えないはずです」

「黙れ」

切り捨てて、イムヘイムが強く睨んだ。

言われるがまま口を結び、カナタは思う。もしセレストが現状を目にしたら、したり顔をしただろうな、と。

カナタの剣が纏う光は、実を言えば聖剣の執行によるものではない。

真昼の月(パヘル・マー)の術式構成基幹に聖剣があることからも知れるように、皇禍ののち、カナタとセレストはそれぞれの秘伝術式を交換していた。

国の上層部が知れば大憤慨間違いなしの行為だったが、聖剣はクランベルの血筋でなければ執行できず、また真夜中の太陽(ラト・スール)もセレストほどの霊素許容量を備えねば実用できない。『どうせバレやしねェって』とは大雑把極まりない提案者の言いである。

そして聖剣の霊術式を研究したセレストは、カナタに合わせていくつかの、聖剣に似て非なる術式を編み上げた。聖剣を神聖視し、改変を始祖への不敬と考えるクランベルでは思いもよらぬ仕業である。

『テトラクラムを、お前たちに任せっぱなしにしちまってる。ならせめてこれくらいはしねェとな』

そう言って昨日(さくじつ)伝授されたそのうちのひとつが、現在執行する偽剣(ぎけん)だった。

術の効能は実に単純で、聖剣とそっくりの光輝を剣に宿す——ただそれだけである。刀身をぴかぴかと格好よく光らせるだけの術式であり、当然負荷などないようなものだ。

『お前ら揃って真面目すぎんだよ。もっと適当でいいんだ、適当で。頭柔らかくいけ』

習い覚えた折は使いどころに首を傾げて呆れられたが、なるほど、セレストの言う通りだった。適切に当たれば見事役立つ。相手に無理の攻め手を強いて、ああも乱すことができた。

もっともイムヘイムがもっと観察に秀でた人間であれば、刃を噛み合わせた折の感触から、偽剣であることを察しただろう。誰とも向かい合わぬと水面月を腐したカナタの言葉は、このことへの諫めだった。

そして我法使いの動きが鈍り、また自ら離れたこの隙に、カナタは異なる聖剣を執行する。刀身の唸りがわずかに変じ、直後彼は一足飛びに踏み込んだ。

対処し慣れたはずの動きに、しかしイムヘイムの反応が遅れる。読みを外し気勢をそがれ、更にその原因を摑めず惑わされ、彼は著しく集中力を失っていた。

遅まきながら薙ごうとする大剣の軌道上をまず一閃。

発生した滞留剣閃、時間的に連続する斬撃が、水面月の刃を受け、止め、食い破る。

咄嗟に剣を戻すその体の崩れにつけ込んで、カナタは首元をもう一閃。しゃがみ込んで斬線を回避するイムヘイムの鼻柱に、加速の乗った容赦のない膝を叩き込んだ。

今度の改変術式は、刀身に数回ぶんの剣閃効果を付与するものである。常時この効能を維持する基本形に比べ、消耗は甚く軽い。使いこなすには攻めの組み立てと先読みが重要となるが、これも勝手のよい術式だった。

一撃を受けて仰向けに倒れたイムヘイムは、だが即座に跳ね起きる。同時に低く、地を薙ぐ太刀行きをした。迫撃により間合いに入った影を狙う、水面月の執行である。

だが激しやすく負けん気の強い彼の性質を、カナタは読みきっていた。この反撃も想定の内であり、ゆえにイムヘイムの腕が通る位置を、聖剣は既に断っている。

絶叫が上がった。

滞留剣閃への接触により無限回の斬撃に襲われ、我法使いの右腕（うわん）が千切れ飛ぶ。

「ここまでです」

その喉元へ我が剣の切っ先を突きつけ、カナタは静かに宣告した。

心中でほっと息を吐く。斬法の解き明かしとセレストの改変聖剣。どちらを欠いても勝ちはなかった。

激昂させるべく挑発的な物言いをしたが、ウィンザー・イムヘイムもまた恐るべき剣士である。勝負の天秤が一瞬でも逆に傾けば、勝敗はまた変わっていたろう。

完全な敗北の形に、イムヘイムは己の歯を噛み砕かんばかりに歯軋りをする。

認められるものではなかった。絶対に、何をしようと、許せるものではなかった。それは自身が下風に立つことを、相手の影を刻み込まれることを意味する。我法使いにとって、それは死と同義であった。

「前金を寄こせ、ロードシルト！」

折れかけた心で、外聞もなく叫ぶ。

「貴様はおれに永遠を約した。なら先払いだ。この腕を戻せ。今度こそこいつを斬り捨てて——」

「致し方あるまい。ウィンザー・イムヘイム、我らと共に永劫となるがよい」


それは、ラムザスベル各所で同時に起きた。

昼酒を食らっていた親父が。娘の手を引いていた母親が。揺り籠に眠る赤子が。壁外に目を光らせていた兵士が。青物の値段交渉をしていた女が。病に臥せっていた老人が。獣車内の着飾った貴族が。睦まじく手を繋いだ恋人たちが。

不意に目を見開いて、老人の声音で告げたのだ。

「我が法に服せ、ラムザスベル」

各所で言い放った者たちは、繰り糸に引かれるようにぞろりと立って、手近の人間へと摑みかかる。それらに触れられた人々は悲鳴を上げてのたうち、転げまわった。彼らの肉体は気難しい陶芸家の見えざる手に捏ねられるが如く変形。一様の老人の相貌となって立ち上がり、更に周囲へと襲いかかった。

肉人形による魂食の執行。連鎖捕食の開始である。

叫喚は、闘技場近隣で最も多く聞こえた。主目標であるだけに、配されていた使役体の数が多かったのだ。観客席は波のようにロードシルトに塗り替えられ、逃げ惑う観客たちを、しかし封鎖された出入りの口が押し留めた。闘技場は獲物を腹に収めた罠であり、狩人は充分の収穫を見てその口を閉じたのだ。

場外の銅鏡にもこの惨状は映し出され、周囲に混乱を振り撒いた。誰もが老怪人の魔手を逃れようと算を乱して逃げ惑う。だが実のところ彼らに、逃げる先などありはしなかった。まだ知られぬことながら、ラムザスベルの全城門がこの時に閉ざされている。

「欲しいのはそなたであったが」

石舞台上、イムへイムの後背に降り立った複製体が言う。このロードシルトが伸ばした腕は水面月の喉を捉え、我法使いは意識なく痙攣するばかりとなっていた。

「随分と都合よく、こやつの心が折れてくれた。ひとまずはこちらで満足しよう」

やがて失われた腕の切断面が泡立ち、そこからずるりと腕が生える。白目を剝いたままの顔が、虚ろなまま笑った。その笑みは、増殖するロードシルトのものに酷似している。

「貴方は！」

諸悪の根源へ、怒りで顔を朱に染めカナタが叫ぶ。

「憤る必要はない。悲しむ必要もだ。いずれそなたも我となり、我らとなるのだから」

付き合う必要も意味もない御託とカナタは判断。曲刀を閃かせ、ふたつの首を同時に飛ばす。

が、無意味だった。

「無駄だ。もう遅い。おれは永劫を得た」

耳に届くはイムへイムの声だった。見やれば、石舞台近くのロードシルトが我法使いへと変貌しゆく最中である。

「斬法・水面月」

元は都市軍の兵士だったらしいその男は帯剣を抜き、我法を執行する。危うく飛び逃れたカナタに追撃の刃が迫り、しかしその顔を横合いから呪弾が撃ち抜いた。

怯んだ拍子に喉首をカナタの切っ先が抉り、ふたりめのウィンザー・イムヘイムはどうと地に倒れ伏す。

「助かりました、ケイトさん」

「どういたしまして、ですわ！」

呪弾の執行者はケイトだった。手には抜き身の剣があり、白刃はもう血を絡めている。混乱に呑み込まれんとする観客席を離れ、ネスを連れて石舞台に避難してきたものらしかった。

「無駄だと言ったぞ、カナタ・クランベル」

だが言葉を交わす間もあらばこそ、三度水面月の声がして、カナタはまたしても彼と刃を交える。

肉体を活動不能に追い込めば、少なくとも死ぬ。だがイムヘイムはどの使役体からも生まれうるらしかった。ロードシルトとは異なり複数の出現はないようだが、まったくもって限がない。使役体たちが群がり来る中で鍔迫り合いに持ち込まれ、さしものカナタにも焦りが浮かぶ。

「！」

けれどネスが一指するなり、イムヘイムそのものとなっていた肉人形の顔がぐにゃりと歪んだ。老人の、ロードシルトの相貌へと戻り、同時に水面月としての通力を失って容易くカナタに斬り捨てられる。

ネスの同調の為せる業だった。

ロードシルトの人格転写は、無理矢理に膨らませた風船のようなものだ。ぎりぎりまで薄くなった皮膜は、ほんのわずかの刺激でも容易く割れ弾けてしまう。ネスの接続は人格標本の上書きを解除し、それを元の肉人形へと戻しうる。

「太陽の連れていた娘か」

「あれを捕らえよ」

口々に言う老人の頭部が、ぱっと爆ぜた。ひとつ、ふたつ、三つ、四つと立て続けに血の花が咲き、頭を欠いた骸が転がる。死体の跳ね飛ぶ向きから射撃地点を憶測し、カナタはそちらに軽く手を振り感謝を示した。姿は見えないが、これほど精密にして強力な狙撃は、ミカエラのもの以外ありえまい。

「皆様、こちらへ！　石舞台の上へ！」

ケイトはその間(かん)に、拡声の紋様術式が刻まれた護符を回収。会場中に響く声で告げ知らせる。

「わたくしたちがお守りしますわ！　慌てず落ち着いて、でもできるだけ急いでこちらへいらしてくださいまし！」

「フェイトさん！」

しかしながら場内は混沌(こんとん)の坩堝(るつぼ)だ。なかなかに指示は通らない。どうにかしようと焦るケイトへ、名を呼んで駆け寄った影がある。

「サダク様！」

「ご挨拶はまたのちほど。それをお借りできますか。商団(うち)の者を使って誘導します。幸い界獣づれで、騒動には慣れっこですから」

「助かりますわ。なんとお礼を申し上げたら！」

「いいえ、恩義をいただいているのはこちらの方です。命拾いさせていただいておりますよ」

石舞台へ逃れてきたのは彼だけではない。その背には、アプサラスよりの旅路で睦まじくなった隊商の顔触れがあった。中には子供たちの姿もあったが、不安を見せこそすれ、彼らに恐慌の色はまるでない。大したものだった。

「恩などと、お気になさらないでくださいまし。持ちつ持たれつが今の我々ですわ！」

覚えのある台詞で返す彼女に釣り込まれて微笑し、それからふとサダクが尋ねた。

「ところでラカン先生は？　あの方がいらっしゃれば……」

「申し訳ありません。今ちょっと外しておりますの。でもすぐに、きっとすぐに戻ってきてくださいます」

言い口から事情があると推察し、サダクはそれ以上問わなかった。代わりに商団の者へ指示を飛ばし、混乱の慰撫と群衆の誘導に着手する。

「ネスフィリナ様」

「⁇」

「サダク様は上手くやってくださると思います。でも人流れができると、そこを狙われるものですわ。ですからネスフィリナ様。他の方を守るために、囮になっていただけませんかしら。ロードシルト様は、ネスフィリナ様がお嫌いのご様子ですから」

「！！！！」

望むところだ、とばかりに少女は強く頷いた。

「きっとロードシルト様は逃げてくる方の中にこっそり交じろうとするでしょうから、そちらもお願いいたしますわね」

「‼」

何の言葉も交わすことなく、でもたちまち人々を守る意志の下に動き出す。ネスはそうした仲間たちの心を、とても心地よく思う。だから彼らの役に立てることを、甚く幸運にも思う。小さな手をきゅっと握り、託された仕業を完遂すべく目を瞠った。

こうして協力態勢が整う中、最も苦戦していたのはカナタである。

与り知らぬことながら、ロードシルトの完全転写先として選ばれた彼は波状攻撃に晒されていた。肉人形たちは、さして動きに優れるではない。ロードシルトと同一の我法を執行もするようだが、法の圏内は狭く、また執行力は弱い。だが衆寡敵せずの言葉の通り、個人の力には限界がある。人の手足は二本ずつで、目玉は前しか見えないと決まっているのだ。

それを補うミカエラの矢も、時折途絶えることがあった。狙撃地点を発見され、その対処と移動に時を割くのだと思われた。ロードシルトはラムザスベル中に存在する。その目を掻い潜り続けるのは難しい。

またネスが対処してくれるとはいえ、不意に襲い来るイムヘイムも厄介だった。いくらでも蘇るあちらに対し、こちらは一度でも水面月を避けそびれればそれで終わりだ。常に目を凝らし、集中を続けねばならない。

決勝から戦い続け、流石に疲労が蓄積したか。斬り捨てたつもりの相手に腕を摑まれ、カナタの動きが不覚にも止まる。

「しまっ……」

たちまちに有象無象が群がり、しかしその指がカナタに触れるより早く、最前列のロードシルトたちが田楽刺しに貫かれた。数人をまとめて突き通した幅広の剣は手首の力のみで半回転。肉人形たちの胴に大皿のような穴を穿って四散させる。用いるは当座凌ぎの数打ちだが、その威が減ずるところはまるでない。

「しばらくは引き受ける。休んでおけ」

ソーモン・グレイのひと振りで残る使役体が薙ぎ払われ、半円状の空白が生じた。圧倒的な膂力を眺め、カナタは「よく勝てたなあ」と感慨する。

「いいや、休んじゃ駄目だぜ、クランベル」

そこへ別の声がかかった。サダクら隊商の者の指示に従い、石舞台に集まってきた剣士たちである。早くに敗退した顔も、ある程度勝ち上がってから敗れた顔もあった。いずれもが決勝の観戦にやって来ていたと見える。

「お前は気に入らないが、この場をどうにかしねぇとこっちの命が危ない」

「なんで手を貸すぜ。剣士を使うなら剣士の指示が一番だろう」

「ホントはグレイさんがよかったんだが、本人が聞いちゃくれなくてよ」

口々に好き勝手を言いながら、彼らはカナタの周囲に集まっていた肉人形を駆逐していく。ぽかんとしばらく呆けてから、

「助かります。ありがとうございます」

少年は涙声で頭を下げた。

「そういうとこが気に入らねぇんだってのぉ」

「おら指揮を寄こせよ、カナタ・クランベル！　あんたの差配なら皆従う！」

そのさまを横目に捉え、ケイトは小さく微笑んだ。どうやらあちらも大丈夫なようだ。

馬手(めて)の剣を振るい、弓手(ゆんで)で術式を執行し、ネスを攫おうとする魔手を打ち払い続ける。彼女の下にも、思いがけない助太刀はあった。

「ああくそなんだってんだ、悪い夢かよ」

「呑みすぎた後の悪夢だったらいいんだがな」

「違いねぇ」

「だがよ、酒に任せて女子供に無体をすると、まーた痛い目を見るからな。見るなら悪夢がマシってもんだ」

「違いねぇ！」

獣狩りの衛士たちが、声を揃えて馬鹿笑いする。「どうしてわたくしが悪者扱いなのですかしら！」と憤慨しつつ、ケイトは彼らをとても頼もしく思う。

想定外のこの拮抗に、歯噛みするのはロードシルトだった。

先ほどから攻撃霊術を執行できる人格を転写し、遠距離から戦力を削ごうとしているのだが上手くいかなかった。いずれもが何を執行するより早く、喉首を貫かれてしまうのだ。

しかもこれが何者の仕業であるのか、ロードシルトにはまったく把握できずにいる。一切の気配すらない死、完全なる暗殺という点から逆算すれば、恐らくはイツォル・セムの仕業なのだろう。石舞台を狙う存在を監視し、空気のように忍び寄っては殺傷するのだ。

いくつもの窓を覗いて回り、闘技場内のみならず市街各所でも抵抗が強いことを確認していた。

水面月を惜しんで行動に移したが、やはりマーダカッタを振る舞い酒として配り、万全を期してから捕食を開始すべきであったと悔いる。酒蔵に襲撃を受けた弊害であろう。あれで用いるべき時を逸し、折角霊術薬を買い集めながら持て余してしまった感がある。

——アイゼンクラーを、あちらから戻すべきか。

折しも地下水路において、ロードシルトはオショウとセレストの両名と交戦していた。充分勝算があると見てのことだったが、とんだ誤算だった。圧倒されていると言う外にない。どうにも判断の全てが空回りしている。

頭(かぶり)を振り、半分殿は気を取り直した。風向きが悪いことなどよくあるものだ。それに屈せず、自ら流れを生み出す者だけが戦場では生き残る。

水門を開け、濁流で地下水路のふたりを押し流すことを決定。彼らの死による揺さぶりをかけるべく、ロードシルトは闘技場側の使役体に意識を遷した。肉人形どもを下がらせて問答の間を作り、石舞台上のカナタと、客席からの避難を助力するケイトに呼びかける。

「カナタ・クランベル。ケイト・ウィリアムズ。そなたらは永遠が欲しくはないのか。尽きぬ命を望まぬのか」

名指しされたふたりは顔を見合わせ、そして各所の戦闘が停止するのを見て頷き合った。ロードシルトの意図は不明だが、戦う力のない者がこちらへ逃げ込む猶予になると踏んだのだ。

「この有り様が貴方の言う永遠なら、僕は少しも要りません。誰とも関わらず何の成長もなく、ひとりでただ呼吸するだけなのを、生きるとは言わないと思うんです。それは永遠でなく、多分孤独と呼ぶんです」

「わたくし、いつでも胸を張って死ねるように心がけて生きておりますの。でもロードシルト様、貴方はいつまでも死ねない御方なのですわね」

くすりと、ケイトは澄みきって冷たい微笑を浮かべた。

「控えめに言ってそんな永遠、クソ食らえですわ」

「そうか。残念なことだ」

さして惜しがる風情もなく、老人は首を振った。

「そなたらが欲するのなら与えたが、要らぬと言うなら遠慮なく奪おう。アーダルの太陽とテラのオショウ。このふたりの死を、そなたらは今定めたのだ」

思いもよらぬ先に飛んだ火に、ケイトが顔色を変える。

「一体どういう――」

「あ奴らはまもなく、濁流に呑まれて死ぬということだ。そなたらのうち幾名かが、酒蔵より水路に踏み入るは知れていた。ゆえに昨日より水を塞き止めておいたのよ。溜めに溜めた水流れが、城壁をも打ち砕き押し流す牙となり、一面に満ちて襲い来るのだ。如何な英雄といえども、防ぎも逃れも叶いはせぬ。そなたらが我らとなるなら救ってやってもよかったが、こうもにべなくば致し方ない」

皆まで言わせず、ロードシルトは口の端を吊り上げて宣告した。ふたりから目を離し、地下水路側の窓を覗く。

「おお、もう水が見えた。あの水量ではまず衝撃で即死。生き延びても溺死であろうな」

嫌らしく笑み、罪悪感で心弱らせるべく、あちらの情景を伝えてのける。啖呵を切った娘が、

「オショウ様⁉︎」と慌てふためくのが愉悦だった。

「そら、言う間に水に飲まれ……飲ま……は？」

楽しげな声が、ふと途絶えた。理解不能の光景をこの老人が見たのは間違いがなく、オショウを知る者は、どうしてか安堵でなく同情の嘆息をした。

ロードシルトの目撃とは、およそ彼らの想像通りのものだ。つまりは預言者の如く奔流を裂くオショウの図である。

半円錐状の結界により逆巻く水流は全て阻まれ、その内部に飛沫ひとつ滴らせることなく通過。彼らの後方でまたひとつに合わさり、遠く流れ去っていく。

「……は？」

たまさか結界内に取り込まれ、命拾いした水路側のロードシルトが、もう一度漏らした。大界獣

の迫撃のようなこの激流を、どうして個人がこうも完全に凌ぎうるのか。まったく理解の埒外（らちがい）だった。

「いやはや人間、何にでも慣れるもんだな」

そう笑ってからセレストは老人に片目を瞑る。

「これからそっちへ行く。首を洗って待ってな」

言い捨てるなり炎珠を乱射し、岩盤を掘削。赤熱する土砂が降り注ぐ中にロードシルトを残し、ふたりの体は迦楼羅天秘法（ヴァーハナ・スラスター）で上方へと舞い上がる。

土と炎の尾を、太く柱のように曳きながら高空へ至った彼らは、現在位置がラムザスベルをほど離れた山間であると視認。するとそのタイミングを見極めたかのように、都市の上空で様々な色の光が連続して弾ける。

「ミカ公だな。矢に載せて光明術式を飛ばしてやがる」

目を凝らし合図の地点を見極めると、セレストは自らに施した浮遊霊術を強化した。

「会場だな。かっ飛ばせるか、オショウさん？」

「うむ」

「なら頼むぜ。合わせてくれよ」

オショウがラムザスベル側へ方向転換するうちに、セレストは結界外へ炎珠を執行する。これが爆裂すると同時に僧兵は迦楼羅天秘法（ヴァーハナ・スラスター）を再噴射。ふたりは猛烈な加速で都市へ飛ぶ。

唖然としたままのロードシルトとケイトの間に地球（テラ）の如き青色の衣が降り立つまで、要した時は数瞬だった。

「お待ちしておりました」

ずしりと石畳どころか世界を揺らし、砲弾めいた勢いで着地したその背を、ケイトは当然のものとして受け入れる。彼女にしてみれば、今更騒ぎ立てるほどのことではなかった。

「うむ。遅くなった」

「お気になさらず。信じておりましたから、大丈夫ですわ」

「うむ」

ただ少しだけ、ほんの少しだけ悔しく思う。

この人が傍にいるだけで、どうして自分はこんなにも安堵してしまうのだろう。

――わたくしの負け、みたいな感じがするのが解(げ)せませんわ。

童(わらべ)のように口を尖らせてから、

「それからわたくし、こうも信じておりますの。オショウ様なら、なんとかしてくださるって」

「うむ」

無理難題に近い、厚顔無恥の物言いに、オショウは太く笑って応じた。

「楽勝だ」

金剛身法(ゴングン・スタイル)。

僧兵が両のてのひらを打ち合わせるなり、凄まじい音と衝撃が吹き抜ける。

大気が震え、気に圧されたロードシルトたちが仏塔のように棒立ちとなり、

「繫がりを見せてもらおう」

僧兵が呟いた直後、ケイトの眼前の使役体が飛んだ。大地と平行に吹き飛んで、そのまま観客席にめり込み、五体をひしゃげさせて絶命する。

オショウの掌底であった。ぱん、という打撃音は後から聞こえた。

時を同じくして、まだ無事な者たちが集まった石舞台が炎の壁に取り囲まれる。ロードシルトの仕業ではない。上空でオショウと分離し、落下制御を行いつつ状況を把握していたセレストの術式である。一瞬で構築されたそれは、さながら守りの城だった。

全方位から押し寄せていた肉人形たちは火炎に阻まれ、足を止める。まだ落下中のセレストが、続けざまに炎弾を執行。誘導を織り込まれた霊術砲火が次々に着弾し、無数の人間松明(たいまつ)を作り上げる。

そこでようやく着陸した霊術士が、更に杖をひと振りした。応じて炎の壁が一部裂け、石舞台への道を開く。

精妙な術式制御によるそれは、まだ逃げ来る途中の者たちを受けいれるべくの抜け道であり、使役体が攻めかかる方角を限定する手管であった。そこへカナタたちが蓋として位置取るだけで、裂け目は城門として機能する。

ここまでを終え、セレストはカナタに手を挙げた。

「面倒な量が寄せてきたら早めに言え。裂け目の位置を変えっから」

「はい！」

色々と申し述べたげだった少年は、しかし安堵の顔でいい返事だけして、剣士たちの指揮へ戻る。

ひと皮剝けた様子にセレストは小さく笑い、直後腹に衝撃を受けてよろめいた。ネスである。全力のタックルのような勢いで、少女は打ち当たってきたのだった。

叱りつけようとして、霊術士は頭を搔いた。彼女がぐずぐずの泣き顔を擦りつけるのに気づいたからだ。

「いつも言ってんだろうが。オレは特別だって。何を無駄に案じてやがる」

「！！！！！」

「……ああ、悪ぃ悪ぃ悪かった。心配かけたな」

さしたる反省のない言葉だったが、それでも満足したものらしい。身を離し、ネスはごしごしと腕で目元を拭う。セレストは彼女が顔を当てていた服裾を摘み、

「ところでお前、鼻水とかつけてねぇだろうな」

「!?　！！？？」

「おいこら痛ェ脛蹴んな。何してくれやがんだお前は」

揺らめく炎越しに、ロードシルトはその光景を眺めつけた。

炎壁は静かと見えて凄まじい。ひと舐めに肉を炭とする火力を秘めている。肉人形どもがあれを抜けるは不可能だろう。無道鎧でこじ開けたいところだったが、ネスの一指を受ければ突破口を確立する前に燃え尽きるが必定だった。

ゆえにロードシルトは誘導されると知りながら、壁の裂け目を攻めざるをえない。

無限の兵力を保証する魂食であるが、それは増殖が叶えばこそ。閉鎖された闘技場内の人間はおよそがロードシルトとなるか、石舞台に逃げ延びるかしており、市街より呼び寄せぬ限り、更なる増援は望めない。

単純な力攻めで押しきれると見えた戦況が、腹立たしくも覆された格好である。

老人はセレストから、オショウへと視線を移した。だが最も憎いのはこの男だ。文字通り流れを変えたこの男だ。

「我らが最も警戒すべきはそなたであったか、テラのオショウ」

ケイトと背中合わせになった僧兵は何かを観察する面持ちで、けれど一瞬の遅滞もなく、間合いに入った肉人形を屠り続けている。

「しかし界渡りとあらば、己が宿命（しゅくみょう）に理不尽を覚えるのではないか？　否応もなくこの地へ喚ばれ、魔皇討伐へ駆り立てられ——奴隷の如き扱いに憤懣を抱（いだ）くのではないか？　どうしてそうもウィリアムズに尾を振る必要がある。武の置き所を誤るな」

それはひどく優しげに、心蕩（とろ）かす声音だった。

昨今は我法に頼りきるが、グレゴリ・ロードシルトを英雄に押し上げたのはこの弁舌である。人心をかき乱し掻き立てる舌先こそが、彼の根幹を作り上げたものだった。

「わずかでも迷うならば我らが手を取るがよい。無理にこの世のために励まずともよい。そなたはもっと安楽に、そして富貴にあるべきだ。我らと共にあるを決断すれば、この世界と永劫の至福を

――」

「稚児の髪なきは法師に劣り。田舎へ置け。なんぞ？」

だが老人の雄弁を遮り、オショウが告げた。

「……何を言っている？」

「謎かけだ。だが尊公に解けはすまい。回答は、俺の世界の言語と遊戯に属するからだ」

ゆっくりと首を横に振り、オショウはロードシルトの言を否定する。

無理に励むのでは決してなかった。これは自ら選び、また望んですることである。

旅を、した。自らの目で見、耳で聞き、肌で感じて多くを知った。四荒八極心巡らし、観じたはいずこも変わらぬ世の形だった。泣き笑い、憎み喜び、命の綾を織り成しゆく人の姿だった。

いずれも些細、些末とされる泡沫ながら、これらのかけがえのなさをオショウは思う。

季節を得て咲き誇らねば、人は花の姿を見ない。

けれどあるのだ。土中の根に、樹皮の下に、伸ばす枝のそれぞれに。いつか蕾生し花開くための力が、必ず。

未だ芽吹かぬものへの合力は、時に無為と見えるだろう。

いくつもの正義が、互いを悪と謗り合って成り立つのが穢土である。行き会い手を貸し、ゆえあって力を貸し、そうして救った者の行く末が如何なるかは計り知れない。己の行が育むは善の種ならず、悪の芽やもしれぬ。

それでも、手を伸ばそうと思った。

その上で、守ろうと思った。ケイトに倣うに非ず、我が心の内より起きた情動だった。己に恥じぬ曇りなき生き様を、彼は決めたのだ。

場違いに穏やかな光を、双眸(そうぼう)が宿す。

もしこれが独善ならばきっと正してくれる繫がりが自分にはある。あの日何も掴めなかったこのてのひらに、いつしか多くが載っていた。十万八千里に負けず劣らぬ広大無辺だとオショウは思う。

「同じことだ、グレゴリ・ロードシルト。尊公の言葉は、同じく俺に理解及ばぬ。何ひとつ、俺に響かぬ」

ゆえに、そう告げた。ひとり法師の有り様なぞに、少しの魅力も覚えなかった。

「慮外者が！　身の程を知らぬとはそなたのことよ。ただ一人(いちにん)の力が、我らに及ぶべくなしと知れ！」

吠えて、再びロードシルトは始末を決めた。

言い交わすうちに、都市軍の兵だった使役体を集めている。武装した彼らを用いれば、無道鎧も水面月も効率的に執行できよう。前者でオショウの動きを封じ、後者で確実に斬り捨てるつもりだった。

が、人格標本を転写しようとしたその刹那、オショウが動いた。

魂食の法力が見えているかのように駆け、彼は変形を始めた兵士を一撃の下に撲殺する。次も、その次も結果は変わらなかった。予知としか思えぬ対応速度で、我法使いたちを殴り殺し、蹴り殺していく。

綺麗だな、とカナタが感嘆する。僧兵の動きは磨き抜かれた刃のように、無駄なく洗練されていた。これ以上なく完成された、舞の形のようだった。

姿を隠したままのイツォルは、初めて目の当たりにするオショウの武に開いた口が塞がらなかった。伝聞は誇張どころか、やや過少であったのだ。今度、もう一度ラーフラに謝ろうと思った。

ふたりとは違い、ケイトはそれを体で追った。守られるだけでなく、いつか肩を並べたかった。決して及ばぬとしても。任せきり頼りきる安楽を、断じて娘は好まなかった。

そうして繰り広げられるもぐら叩きのような光景は、ロードシルトにとっては紛うことなき悪夢である。

だが石舞台上の者たちからすれば、そうではなかった。

助太刀が来たとはいえ所詮ふたり。対して化け物どもは無数であり、その上、人を捕らえては増殖していく。打開できる状況とは少しも思えなかった。

今は拮抗するものの、いずれ物量に呑まれ皆ここで果てるのだ。そのような諦念が、ほとんどの顔に張りついている。

ゆえにオショウの獅子奮迅（ししふんじん）を、彼らは炎越しに冷めて眺めた。一体、二体を打ち倒したところで、何も変わりはしない。

しかしサダク商団の子供たちだけは、例外的にひどく明るい。何故なら彼らはオショウを——ラカン先生を知るからだ。三体、四体と息を合わせて蹴散らすたびに、オショウとケイトの背へ向けて、彼らは精一杯の声援を送る。

そして、ふたりだけではなかった。

カナタも、イツォルも、セレストも、ミカエラも、ネスも。グレイをはじめとした剣士たちや衛士たちも。それぞれがそれぞれの力を尽くし、降って湧いたこの地獄に一条の光を射し込ませている。

花の在り処はここだった。

やがて、希望は伝染する。ただ怯え、竦み、頭を抱えていただけの者たちが、次第に顔をもたげ始める。互いに見交わし言葉を交わし、自らに為せる仕業を求め出す。或いは怪我人の手当てに回り、或いは大声に各所の状況を伝え、或いは最前線へくたびれた武具の代わりを届け――。

あまりの不可解に、ロードシルトが呻いた。

魂食は精神の強弱を見抜く。よって彼はつい先ほどまで、石舞台が絶望に満ちることを把握していた。このまま飽和作戦を継続しその濃度を増し、心折れた者を食らって使役体に変え、炎壁の中で連鎖捕食を行う腹積もりだった。

だが、今。愚民たちの間には、ありえぬ希望が立ち込めている。暗く淀(よど)んだ負の薫香は払拭され、彼らの魂魄はロードシルトの手の届かぬものと成り果てた。力押しに続き搦め手までもを封じられ、老人の思考が愕然(がくぜん)と止まる。

「ケイト」

「なんですかしら、オショウ様」

諸行無常の散布でできた屍山血河（しざんけつが）の只中で、オショウが呼ばわった。

「しばし、頼む」

告げて両足を大きく開き、腰を沈める。左掌を前方へ突き出すと、逆の腕を腰だめに引いた。

「かしこまりましたわ！」

まるで説明の足らぬやりとりだったが、ケイトはその構えに覚えがある。すぐさまに心得て、自分に従う衛士たちに指示を下し、オショウを囲む円陣を組み上げた。

「姐（ねえ）さん、旦那は何をなさるつもりなんで？」

「なんかこう、どかーんとなさるおつもりなのですわ。なのでちょっぴりの間だけ、オショウ様をお守りくださいね。それと、姐さんってなんですかしら。わたくし、貴方がたより歳下なのですけれど。ずっと、ずうっと歳下なのですけれど！」

憤慨を右から左に聞き流し、衛士たちはふわふわとしたケイトの物言いを受諾する。陣の中央に位置したオショウを見れば、彼女の言う「どかーん」がただならぬものであることは見当がついた。

深く吸い、吐く。

そのたびに不可視の何かが僧兵の体を駆け巡るのが、肌でわかった。全身を巡る気を、オショウは更に高密度に練り上げるのだ。

ただならぬ気配を察し、我に返ったロードシルトはイムヘイムとアイゼンクラーを転写する。

が、水面月はたちまち矢衾となるか喉を刺し貫かれるかしてものの役に立たず、無道鎧は驚くべきか、ケイトによりしっかと阻まれた。

自爆に近い確定執行を除けば、ケイト・ウィリアムズは一芸を持たない。だが彼女にないのは長所ではなく短所だとは、既に述べた通りである。強化術式を自らに施したケイトは、単身魔軍を真っ二つに裂いて駆けうる戦力を有している。オショウを除けば、一行の内で最も無道鎧への対抗力が高いのは彼女だった。

間隙を縫って襲い来るただのロードシルトを衛士たちが切り払い、そのうちにも僧兵の練気が横溢していく。

やがてそれは蛇体めいてのたうつ三昧の真火と化し、幾重もの螺旋を描いてオショウの腕に絡みつく形でして可視化された。

仏道には、ある。

他者の心魂を恣意とする魔性の記録と、対策とが存在している。

それは類似の業魔が類似の悲しみを生むを阻むべく、先人たちが積み重ねてきた備えだった。一石ずつ持ち寄られた建材は堆く重なって、天を摩す絶佳の塔を成している。

時を越え受け継がれてきたそれが、今日この日を救う花だった。

「後生に託せぬ尊公にはわからぬ道だ」

小さな呟きが、他の全ての音を圧して轟く。オショウの目が、鋭くロードシルトを射た。使役体ではなくその奥を、法による接続を辿り、老人の本体を射貫く視線だった。

「ゆえにただ見よ、グレゴリ・ロードシルト。尊公が――たかが一人（いちにん）の力が、これに及ばぬそのさまを」

オショウの右手が、ゆっくりと小指から握り込まれる。

形作られた拳に、紅蓮の輝きが装塡された。

「我が拳にて汝（なれ）を打ち、我が瞋恚（しんい）にて汝を討つ」

即ち、怒りの鉄拳である。

透明な紅を宿す一打が、直後ロードシルトの覗く窓を直撃した。

打擲（ちょうちゃく）された胸板に種字が浮く。通念したオショウの火炎が象（かたど）るそれは、不動明王を表す一文字（いちもんじ）。火生三昧（かしょうざんまい）の刻印だった。

転瞬印字が爆裂し、使役体は目、耳、鼻、口の七孔より火炎を噴き出し活動を停止する。

降魔の利拳（フォアフィスト・オブ・カーン）。

打撃により肉体を、真火により精神を破壊し、入滅せしめる秘奥である。明王の火は対象の三魂七魄を捕縛し、一片も残さず焼き尽くす対魂魄系仏技だった。

無論、人体と同一の耐久性しか備えない肉人形に用いるのは過剰火力だ。しかし此度のオショウの火には、状況に即したアレンジが加えられている。

拳を受けた使役体が燃焼を終えるのと同時に、闘技場内の肉人形全てが火炎を吐いて寂滅した。

オショウの心眼は魂食の痕跡を捕捉し、因果の糸として知覚している。転写への反応速度はそれがゆえのものであり、そしてこの飛び火も、我法が残す縁（えにし）の道を利用したものだった。

使役体のいずれもが、我法によりロードシルトと接続している。瞋恚の火はこれを遡って爆発的に類焼し、転写された全てのロードシルトを焼き払ったのだ。「繫がりを見る」というオショウの言いは、最も効率のよい連鎖のために、着火地点を見極めるとの意味であった。

つまり降魔の利拳(フォアフィスト・オブ・カーン)は闘技場やラムザスベルのみならず、世界中の魂食の囚人たちへ叩き込まれた格好になる。一度受けた真火から逃れることは叶わない。我法の犠牲者はロードシルトの支配より放たれ、例外なく活動を停止したはずだった。

「うむ」と頷き、オショウが身構えを解いた。そうして場内を見回し、悼む風情の合掌をする。

「オショウ様、オショウ様！」

黙禱(もくとう)の終わりを待ってケイトが駆け寄り、高く腕を掲げた。応じてオショウも顔の高さにてのひらを上げ、互いに合わせて打ち鳴らす。

その小さな音が引き金であったかのように、わっと歓声が沸いた。

*

豪奢(ごうしゃ)な寝台の上で、ロードシルトはかっと目を見開いた。

蛆の如き彼の体が横たわるのは、爛熟(らんじゅく)した果実の香りに、腐臭に満ちた一室である。しゅう、と蛇の呼吸を漏らし、彼は恐怖に強張る全身の力を抜いた。

危ういところだった。

あと少し窓を閉めるのが遅れていたら、オショウの仏技はこの本体にまで通念していたことだろう。そうなれば魂魄を、我法の源を焼き尽くされていたに違いない。まさに間一髪の命拾いである。

だが使役体、複製体は共に全滅だった。知覚端末の消失は、途方もない喪失感を彼にもたらしている。既にない手足を、もう一度もがれたような感触だった。

しかし——それでもなお老人の口元に浮かぶのは、勝ち誇りの笑みだった。

どうあろうと生きた。どれほど無様にであろうと生き延びた。つまりは、私の勝利だ。この身とこの法さえあれば、再び地に満ちるは難くない。数を増やすまでは慎重に動くべきだが、次の機にこそあれらの全てを呑み干してくれよう。

ロードシルトはそのように思い、直後、愕然と凍りついた。

本体である彼が身を潜めるこの場所は、ラムザスベルの誰も知らぬ館の、更に秘された一室である。身の回りの世話から始まる日常の全てを、ロードシルトは使役体に行わせていた。己が分身であれば決して自身を裏切らず、この館の秘密が暴かれることもないからだ。

だが使役体が死滅した今、そのことが裏目に出ている。

寝台の上に転がるのは、自力では身動ぎひとつ叶わない、萎え果てた肉体である。他の力を借り受けねば何ひとつできないのだ。我法も、ロードシルト自身も。

だというのに、その他者がここを訪れることは決してないのだ。

ぞろりと怖気が心を走る。一種の詰みだった。このままではいずれ飢え乾いて死に至ろう。

——馬鹿な。

戦慄と共に絶叫したかったが、法力を著しく減じた身ではそれすらもままならない。ただしゅうしゅうと、腐れた息が漏れるのみ。まるで悪夢だった。

――この私が、そんな死を迎えるなどあるはずがない。

陽光を拒むこの部屋には、時の流れを知る術(すべ)がない。じりじりと圧し潰されるような恐怖に晒されたまま、一体どれほどが経(た)ったろうか。

死の足音に責め苛まれる聴覚が、ふと床の軋みを聞き取った。

途端、ロードシルトは喜悦に満ちる。ここを突き止めたクランベルの一味か。はたまたまさかに館を見出した旅人か。

いずれであろうと構わなかった。

法の圏内に立ち入るなり魂魄を食らってやろうと、邂逅(かいこう)の瞬間へ向けロードシルトは法力を練る。使役体からも執行可能な魂食であるが、その作用力、強制力は本体からが最も強い。また生存の一念により、彼の我法は今、かつてなく研ぎ澄まされている。何者であろうと、これに抗しうるはずがなかった。

軋みは、真っ直ぐにロードシルトの居室目指してやって来る。このことを、老人はわずかも不思議と思わない。がちゃりとドアノブが回り、ぶ厚い木製の扉が押し開かれ。

現れた異形の影に魂食が炸裂する。だが不可視の顎門(あぎと)は、一切の効力を発さずにただ霧散した。

「ようやくお目にかかれましたなぁ、老公」

なんとも言えぬ声音で囁いたのは、両の膝下のない男であった。足があるなら胡座(あぐら)とするべき格好で、白骨の上に鎮座している。それは奇態な骨格だった。背骨と肋骨を有するが、腰から下と首から上の骨はない。代わりと言うべきか背骨から六本の腕が生え、それで四つ脚の獣のように地を歩むのだ。

——ツェラン・ベルか……！

動揺は、やはり、しゅうと漏れる吐息に終わる。

飼い骨という我法の知識はアイゼンクラーより得ていた。ゆえにこれが死者より聞き及んでの訪問であろうと見当はつく。オショウによって法的な繫がりを断たれた使役体の中から、ロードシルトに侍(はべ)っていた者を探しあて、骸の案内を受けてこの部屋へ辿り着いたのに相違なかった。

それよりも解せぬのは、魂食が及ばぬ道理だった。精神に接触するはずの法の手は、何の感触もなく飼い骨の肌を撫でるばかりである。

老人は知らず、しかしそれは自明の理だった。

ツェラン・ベル。

この男の魂は、既にして囚われている。捧げられ、縛られている。死者に。そして復讐に。もう呑まれるべき魂はないと、彼はそのように信仰している。

「いやはやそれにしても老公、無道鎧を呑んだは失策でございましたな。絶大の盾と見えて、ありゃあ己を縛って封じる法だ。判断を誤らせる法だ。事実あれだけの男だったってのに、アイゼンクラーはひたすら自分を悪くも軽くも見続けて、その目を一切疑わなかった。結局、御手前(おてまえ)なんぞに仕え通した」

軋みと共に飼い骨は寝台に寄る。骨の上から、彼はロードシルトを見下ろした。

「そんなものを呑み食らうなぞ、我から破滅を取り込むようなものでござんしょう。老公には一体、どんな算段がありやしたんで？　もしやフィエル・アイゼンクラーがそうした人間だってのを、まるでご存知なかったんで？」

主従の隔たりを承知した上での皮肉だった。自ら毒薬を飲んだ阿呆を、ツェランは心底嘲笑うのだ。

「一将功成りて万骨枯る——だがな、骨は覚えているんだよ。忘れないんだ。いつまでだって、覚えている」

上体を近づけ、慄く(おのの)ロードシルトの耳元に囁いた。

「何、恐れるこたぁござんせん。これまでの仕業が、御身に返るばかりのことで。老公の骸は手前が飼って進ぜやしょう。為した仕業を自身の口で世に明かし、名声も称賛も残らずすっかり失うように。御名(おんな)が誰の口からも軽侮と共に語られるように、取り計らって進ぜやしょう。御手前が営々と積み上げてきたものを、悉く無為としてのけやしょう。集めるばかりだった無駄金を、テトラクラムのために、カナタ・クランベルのために使うなんてのもよろしいですかな」

彼にとっては未来の象徴たるカナタの名を聞き、羨望極まりない老人はかっと目を剝く。そのさまを楽しく眺め、

「あんたはこれから、オレのいいように使い潰されるのさ。食い物にされる心地を、とっくり味わうがいい」

右掌上であった。

ロードシルトは最早逃れようもなく、骨たちの手の上にいる。

「外法・飼い骨。死んでもいい、逃がしゃしねェよ」

老人の顔が、果てしない絶望に歪んだ。

8. our way home

ラムザスベル事変は、聖剣をはじめとした英傑たちの尽力で終息した。

グレゴリ・ロードシルトに意趣を持ち、その姿を盗んだ我法使いの犯行というのがラーガム公式の発表だ。

当の我法使いは聖剣により成敗され、行方不明となっていたロードシルトは、数日後、側近の手により監禁場所から救出された。

とはいえ多数の死傷者――実際は既に死んでいた者が明らかになっただけなのだが――を出した騒ぎである。何もかもが元の通りとはいかなかった。

特にロードシルトへの不信は根強く、彼が表舞台に出ることはほとんどなくなっている。また姿盗みの我法使いは、ラムザスベル公の過去の戦歴における被害者であったとの風聞があり、過去の都市軍、国軍の動きに対する調査が近く予定されていた。

ロードシルトは罷免され、王家かクランベル家より新たな代官が派遣されるであろうというのが大凡の見方である。半分殿は権勢の衰え著しく、ただ都市復興に資金を提供するだけの存在と成り果てていた。

事変において活躍を示したカナタ・クランベルは、剣祭の優勝者として多額の報奨金を受けたのみならず、ロードシルト不在の間ラムザスベルを取り仕切り、平穏を保った功で国からも褒美を賜った。

後者はクランベル本家が、立て続けに図抜けた働きを見せたカナタを懐柔するためのものだと憶測されたが、実質効果はないものだった。

事変に関与した縁から、カナタ・クランベルはテトラクラムの代表としてラムザスベルの支援を行う旨を表明。今後友好都市として活動する意志を露にしている。

これは実質的なテトラクラムとラムザスベルの同盟であり、クランベルとラーガムに対する敵対であった。

王家はまだしも、長く権力に癒着してきたクランベル本家を憎む向きは多い。だが聖剣という権威を擁するこの一族と、正面立って争うのは得策ではなかった。都市と貴族は腹の内に火種を燻らせてきた。

そこへ一石を投じたのがカナタのこの姿勢だった。

クランベル本家が拠り所とした聖剣は、今、新たなテトラクラム伯の掌中にある。魔皇を捕らえ、他の英傑との交流も活発で、更に傾けりといえども半分殿と同盟関係を持つにまで至ったのだ。水面下で接触が活発化するのも当然というものであろう。

ラムザスベル駐留貴族から多数の付け届けが贈られたのみならず、歳若く経験の浅いカナタを神輿として最適と見たのか、縁談までもが降るように持ち込まれた。

兼ねてよりテトラクラムを支援し、都市の内政に参画するのみならず当代聖剣の信を得ていたターナー家などは、この一件で随分と家名を上げたものらしい。彼らにしてみれば、息子とカナタの繋がりはまさしく奇貨であったろう。

もっとも王家を含め、新旧クランベルを天秤にかけ、首鼠両端（しゅそりょうたん）を持す者たちが大半を占める。それでも下に見ていたカナタの反撃は、クランベル本家を大いに動揺させるものだった。

これらのことの裏にいたのは、無論ツェラン・ベルである。

魂食と表裏を成す飼い骨により、彼は半分殿の骸を生かした。カナタとロードシルトの協調は、そのままカナタとツェランの協調だった。

じりじりと薄紙を剝ぐように、ロードシルトがこれまでに築いた名声を損ねていくのもまた、飼い骨のやり口である。このまま一年ほどの時をかけ、半分殿には老醜を晒しながら退場してもらうつもりだと当人は語っていた。

ツェランがカナタに接触してきたのは、驚くべきか事変の直後だ。

『ロードシルトは、未だ生き延びていよう』

無数の使役体が機能を停止したのち、オショウは一同にのみそれを告げた。

利拳の連鎖は、肉人形の掃討を目的としたものである。ために法の縁（えにし）を手繰り、真火がロードシルトへ及ぶまでには数呼吸ぶんの時を要した。

この遅れのうちに、法を遮断された感触があったのだとオショウは言うのだ。

ロードシルトを取り逃がしては、いつまた同様の騒擾（そうじょう）があるか知れたものではない。ただちに捜索を行おうとしたところで、イツォルの所持していた頭蓋骨が口を開いた。

『その儀には及びませんぜ、旦那がた』

ツェランは自身が魂食本体の居所を突き止めていることと今後の計画を明かし、復讐を完遂すべく、ロードシルトの身柄を要求した。

しばしの論議ののちこれが通り、公(おおやけ)には以上の流れと相成ったのである。ツェランの憎しみが半分殿のみに注がれるからこそ、取りえた協力態勢だった。

復讐の心と、善政は齟齬(そご)しない。

少なくとも都市の人間を救おうという形を見せたツェランが、ロードシルトの如き暴虐を行うことはないだろう。何よりそれは、彼が飼う骨たちへの裏切りに他ならない。

我法とは埋まらぬ洞(ほら)だ。心魂の欠落だ。だが飢えとは、満ちれば消えゆくものである。

ツェランもまた己が望みを成就し、満ち足りて終わるように思われた。ロードシルトの件を片付けたのちは、世から遠ざかるつもりだろうと思われた。非業の死を遂げる者が多い我法使いとしては珍しい、甚く穏やかな幕引きである。

だからカナタが彼を引き留めたのは、若さゆえの感傷でしかない。

『手前の生き様はね、聖剣殿。成し遂げたと胸を張れるものじゃあございませんよ。自分が生きて本懐を遂げるために、多くを見殺しにしてきたんでさあ。お天道様(てんとさま)の下なぞ、今更歩ける道理がありやせん』

テトラクラムへ来ないかという誘いに対し、飼い骨はひどく優しい声で応じた。

『ですがご厚意には、心より御礼(おんれい)を。いつかきっと、寄らせていただきやすよ』

述べた感謝は本物だろう。

だが彼が来ることはないのだと、それは少年にも理解ができた。


それから更に数日を経て、カナタとイツォルの姿は空船の発着場にあった。

本来ならばすぐさまにテトラクラムへ帰還したいところだったが、大きな波紋を国に及ぼしてしまった手前もあり、両名はこれより王都に向かうところだった。

未だ混乱が収まりきらぬラムザスベルでは、彼が都市を離れることを惜しむ声が大きい。船着き場に見送りに来たのは、ゆえに仲間たちのみならず、多くの住民たちもであった。

「テトラクラムは、もうしばらくお前に任せきりになりそうだ。悪いな」

「ええ、任されました。今度はちゃんと頼るつもりなので、色々と大丈夫です」

案じる風情のセレストに、カナタは明るく頷き返す。ただ責任を背負い込むだけでない彼の根を汲んだのか、霊術士は黙って肩を叩いた。

「それではイツォル様、わたくしとオショウ様から、ラーフラ様によろしくお伝えくださいませ」

「うむ」

「いいけど、それ絶対、凄い顔すると思う……」

実を言えばこのふたりには、テトラクラムへの立ち入りを遠慮願っていた。魔皇の精神安定上の問題である。

以前は何を大げさなと思っていたイツォルだが、オショウの傍若無人を目の当たりにしては、少々考えを変えざるをえない。

「思わぬ事態に巻き込まれはしましたけど、皆さんにまた会えてよかったです」

「わたしも同感。また、そのうちに」

それぞれに名残を惜しんでから、改めてふたりは別れを述べた。ラムザスベルの人々へも一礼して謝意を示すと、手に手を取って船へと乗り込む。

「骨休めにはほど遠かったけど、いい経験ができたって僕は思う。イっちゃんは？」

「わたしは、まあ、それなり」

「そっか」

ちょっぴり残念そうに相槌をして、カナタは指を絡める形で手を握り直した。

「今回もイっちゃんに頼りきりで、ごめんね」

「別に、いい。むしろカナタは、もっとわたしを頼るべき」

「うん、そうさせてもらうよ。ありがとう」

「気にしなくていい。ケイトさんっぽく言うなら、これはその、内助の功だから」

もう外からは自分たちが見えないのを確かめてから、カナタは彼女を抱き寄せた。額にそっと唇を落とす。

そのさまを、やや離れた場所からソーモン・グレイは困り果てて眺めていた。

出歯亀ではない。ロードシルトの群れを撃退し、事変が終息した直後、彼はカナタに口説かれたのだ。

『僕は自分でやらなくちゃって決め込んでました。でも今回、やっぱり頼れる部分はちゃんと頼るべきって思えたんです。なのでグレイさんのように各地の事情に通じていて、その上腕の立つ方がいらしてくれたら嬉しいなって考えてるんですけど、如何でしょうか？　あ、お給金の方は相談の上、できる限り添えるようにしますけど……』

根無し草の風来坊より、望まれて仕える身分は大変によろしい。

ふたつ返事をしかけたところで、ふと気後れが生まれた。期待されて役立たずを露呈するのは最悪だろうと、そう考えた。

どうしたものか悩むところへ、『あの！』と声が割り込んだ。

『助けてくださって、ありがとうございました。それから、ごめんなさいでした！』

グレイに幾度も頭を下げて謝罪して、それから逃げるように去っていったのは、どこかで見た覚えのある少女だった。記憶を辿り、例の「ひいあぁ!?」の子だと思い出す。

(ああ、あの子もここにいたんだねぇ。ああいう若くて可愛い子が命拾いできたなら、おじさんも頑張った甲斐があったよ)

感慨して、口の端で笑んだ。聖剣君のところは、一層頑張り甲斐があるかもしれない。

そのような経緯があっての同乗なのだが、どうにも挨拶のタイミングを逸してしまった。

(君たちはさー。ちょっときらきら眩しすぎて、おじさん近づきにくいんだよねー)

決断を早まったやもと若干悔いつつ、グレイは律儀に背を向けた。

飛び去る船を見送ってから宿へ戻り、「なんだか寂しいですわね」とケイトが呟く。視線の先にあるのは、空室となったカナタとイツォルの部屋だった。

「別に今生(こんじょう)の別れってわけじゃねぇだろう」

「でもやっぱり、寂しく感じてしまうものですわ。ネスフィリナ様とのお別れも辛くって、いっそ持って帰りたいくらいですもの」

「！」

言いながら彼女は身を屈(かが)めてネスを抱きしめ、頬ずりをした。すっかり懐いたネスもくっつき返して、満更でない様子である。

「あまり誘惑しないでくれたまえ。セレストの連れ出しだけでも頭が痛いのだ。君にまでネス君を攫われると私の身が持たない」

そこへ騎龍を用意していたミカエラが戻り、苦笑気味に釘を刺す。無論冗談だとは思っているが、ケイトからは万一の匂いがして仕方ないのだ。セレストと同種の生き物ではあるまいかとは、密かに弓使いの警戒するところである。

「ま、ネス公は甲冑の方の修理もあるしな。今回はミカ公に引き取らせてやってくれ。面倒だがオレも戻って、こいつの解呪を進めるさ」

セレストが叩いてみせた背負い袋の中には、一冊の書物が収まっている。ロードシルトが秘蔵していた、大樹界進軍時の日記であった。

テトラクラムからすると喉から手が出るほど欲しい情報が記されていると思われるのだが、残念ながら手記には強固な霊術防護が施されていた。効能は認識阻害。術式を破らぬ限り、ここに書かれた文字は意味あるものとして読み取れぬのだ。決められた手順で術的解錠を行わぬ限り、日記そのものが火を噴き灰になるという周到ぶりだった。

だがそこまでしてロードシルトが保存し、手元に残していた一冊である。読解が叶えば必ず利があると踏み、霊術に最も堪能(たんのう)なセレストが持ち帰り、術式破りを試みることとなったのだ。

「いやだが待てよ、仕事が解呪なら、オレはここに残っても構わないんじゃねェか？　そこんとこどうだよミカ公。お前とネス公がいれば、大体の手続きはそれですむよな？」

「認められるわけがないだろう」

「!!」

思いつきめかして述べられた提案は、言下に切って捨てられた。ミカエラはにべもなく、ネスもきっぱり首を横に振る。

「ラムザスベルに残れば、君は呑んだくれるだけだろう。今の君はこの都市の英雄だ。いい酒と見目よい女性を侍らせて、気分よく武勇伝を語って過ごすだけと知れている」

「何を証拠に……」

「今日までの君の行動が何よりの証左だが、言い分はあるかね？」

「……お前はオレのおふくろか」

この数日、夜になればセレストが飲み歩いていたのは覆せぬ事実である。

だがミカエラは、その折皆にこう語っていた。

『私の友人は孤児院の出だ。祖竜教会の運営する、どの都市にもあるような院でね。無論いつも経営難だった。あれが深酒をするのは不思議とそうした院の近くの酒場なのだ。更に不思議なことに、いつも財布を落として帰る。まったく大雑把なことだよ。……ああ、本当は私の口から言うべきではないことだ。聞き流してくれたまえ』

そうしたことを踏まえて、ある程度大人の対応をする余裕が彼にはある。

しかしネスはまた別だった。財布を落とすのと、香水の匂いをぷんぷんさせて朝帰りするのとは異なる話である。ケイトの抱擁から離れた彼女はつかつかとセレストの傍に寄り、全力で脛を蹴って逃げた。

「おいこらネス公」

「!!」

睨まれた彼女は、さっとオショウを盾にする。そして僧兵の陰から顔を覗かせ、「んべー」と思い切り舌を出した。

そのさまにミカエラは肩を竦め、ふたりに挟まれ困惑するオショウを眺めたケイトが、ころころと声を立てて笑う。

「セレスト様。セレスト様はネスフィリナ様にとって、憧れのお兄様なのですわ。もっとらしく振る舞ってくださいまし」

「憧れだあ？　いやオレなんぞ一番手本にしちゃならねェ人間だろう」

やめてやめてとケイトに手を振ったネスは、当人の返しになんとも言えない顔をした。もう一度脛蹴りを披露しそうな勢いである。

「自己評価の正しさには敬意を表する。が、この場合、少しばかり意味が異なると気づき……いや、君はひとまずそのままでいい。とまれ、じゃれるのはそのくらいにしたまえ。そろそろ出ないと、日のあるうちに予定の行程をこなせなくなってしまう」

ミカエラの鶴の一声で騒動はやみ、三名は騎上の人となった。

「またな」と片目を瞑ってセレストが拍車を当て、尻馬に乗ったネスが大きく手を振る。

「では、私も失礼しよう。君たちに限っては何もあるまいが、道中の無事を祈っているよ」

オショウとケイトに別れを告げてふたりを追った彼は、

「そういやネス公、お前テトラクラムに行きたいか？」

「!!」

ちょうど交わされたそんな会話を耳にして、また王宮へ忍び入るつもりかと、ひとり眉根を押し揉んだ。

三人と別れた後は、ケイトとオショウの出立である。宿を引き払い、ふたりは隊商の居留地へと向かった。

目立つ容貌の僧兵は、すっぽり頭巾を被っていたが、それでも彼の姿を認め、ひそひそと声を交わす者は少なくない。

「サダク様にお願いをして、正解でしたわね」

ケイトが囁く通り、ふたりはアプサラスへの帰途も陸路を用いることにしていた。ラムザスベル事変で顔が売れてしまったため、こうして注視されるのみならず、仕官の誘いが引きも切らない。ウィリアムズを引き抜くのは困難と見て、狙いをオショウに絞るのだろう。少し目を離すと綺麗どころが彼にすり寄っていて、非常に業腹だった。ネスの気持ちには大変同感するところである。

こうした干渉を防ぐべく選んだのが、サダクたちとの道行きだった。海路空路ではどうしたって船旅になる。一種の密室に何日間も、そうした手合いと一緒に詰め込まれるのは避けたかったのだ。

渡りをつけて話を持ちかけると、サダクはふたつ返事の了承だった。

これ以上なく信頼できる衛士が手に入るのに加え、上手くすればアプサラス王家と縁ができると見ているのだ。なんとも逞（たくま）しいことだと思う。

ふたりが居留地へ赴くのは彼らと合流するためだった。今日の午後には、もうラムザスベルを発つ予定なのだ。

——つまり、ふたりっきりは今だけ、ですわよね。

改めて状況を確認し、ケイトは自らの両頬を叩いて気合を入れる。怪訝なオショウとの距離をいつもより一歩縮めて、腕を組んだ。

平素は彼を見上げながら歩くのだけれど、流石に今は気恥ずかしさが先に立つ。上気した顔を、娘は真っ直ぐ前にだけ向けていた。

「それで、如何でしたかしら？」

「うむ？」

「ここまでの旅路ですわ。ご案内できたのはまだまだ世界のほんの少しですけれど、こちらも捨てたものではありませんでしょう？」

「うむ」

淡々とした応答から、しかし確かな肯定を感じ取り、ケイトはやや瞳を伏せる。

「あのですね、オショウ様。わたくし、自覚がありますの。オショウ様がこちらのことをよく知らないのをいいことに、無理矢理ウィリアムズに引っ張り込んだ気がしておりますの。ですから、」

無意識に彼の肘を、ぎゅっと胸に掻き抱いて。

ケイトは眦（まなじり）を決し見上げる。

「ですからこうして旅をして、もしアンデールよりも住みよい場所を見つけたなら、わたくしよりも大事な人に出会えたのなら。そちらを優先してくださいましね。お気遣いいただかなくとも、わたくしなら大丈夫ですわ。全然大丈夫ですとも。ええ、楽勝……」

「先走りだ」

痛くない拳骨（げんこつ）が、こつんとケイトの額を小突いた。

そうしてオショウは少しの間黙考し、紡ぐべき言葉を吟味する。

「――帰ろう」

手短な言いに含まれたものを汲み取って、ぱあっとケイトが顔を輝かせた。

――うちがオショウ様のふたつめの故郷のようになれたら、わたくし、とっても嬉しいですわ！

以前口にしたその通りになったのだと、彼は告げてくれたのだ。アンデールが、彼にとって帰る場所になったのだと、そう伝えてくれたのだ。

そのことを彼女はとても嬉しく、また誇らしく思う。

「少しも不安がなかったと言えば嘘ですけれど。でも、わかっておりましたわ。オショウ様がアンデールを選んでくださるのは、わたくし、ちゃーんとわかっておりました」

こまっしゃくれて嘯（うそぶ）くけれど、弾む足取りは隠せない。

――その涙を止めるために、恐らく俺は喚ばれたのだ。

ついでにもうひとつ思い出し、春風のように笑んだ。

「だってわたくしあの時から、ちょっぴり思い上がっておりますの」

ゆったりと頷いたオショウが、逆のてのひらを握り、また開く。わずかに振り向き、アプサラスの方角を眺めやった。

どこまでも高く澄んだ空の下に、ふたりの家路が寝そべっている。

鵜狩三善（うかり・みつよし）

神奈川県生まれ。2013年ごろから投稿サイト「小説家になろう」を中心に活動を始める。2019年に『居残り方治、憂き世笛』（アルファポリス）でデビュー。

レジェンドノベルス
LEGEND NOVELS

ボーズ・ミーツ・ガール 2 住職は異世界で破戒する

2020年6月5日　第1刷発行

［著者］鵜狩三善
［装画］NAJI柳田
［装幀］草野剛デザイン事務所

［発行者］渡瀬昌彦
［発行所］株式会社 講談社
〒112-8001 東京都文京区音羽2-12-21
電話 ［出版］03-5395-3433
［販売］03-5395-5817
［業務］03-5395-3615

［本文データ制作］講談社デジタル製作
［印刷所］凸版印刷 株式会社
［製本所］株式会社 若林製本工場

N.D.C.913 270p 20cm ISBN 978-4-06-519736-3

レジェンドノベルス
LEGEND
NOVELS